里尔克全集 第八卷

戏剧(1895-1901)

﹝奥﹞莱纳·马利亚·里尔克 著

叶廷芳 主编　　史行果 译

图书在版编目(CIP)数据

里尔克全集.第八卷,戏剧:1895-1901/(奥)莱纳·马利亚·里尔克著;叶廷芳主编;史行果译.—北京：商务印书馆,2022
ISBN 978-7-100-21068-3

Ⅰ.①里… Ⅱ.①莱… ②叶… ③史… Ⅲ.①文学—作品综合集—奥地利—现代②戏剧文学—剧本—作品集—奥地利—现代 Ⅳ.①I521.15

中国版本图书馆 CIP 数据核字(2022)第 067356 号

权利保留，侵权必究。

里尔克全集
第八卷
戏剧(1895—1901)
〔奥〕莱纳·马利亚·里尔克 著
叶廷芳 主编 史行果 译

商务印书馆出版
(北京王府井大街36号 邮政编码100710)
商务印书馆发行
北京通州皇家印刷厂印刷
ISBN 978-7-100-21068-3

2022年7月第1版　　　　开本 880×1230 1/32
2022年7月北京第1次印刷　　印张 7¾
定价：50.00 元

主编序言

(代撰)

十九世纪末二十世纪初活跃在欧洲精英文化界的一位"缪斯"人物,海伦娜·冯·诺斯提兹夫人,在其 1924 年出版的《欧洲旧影》中,缅怀了一个再也不可能重现的风华绝代的欧洲。[①] 她用笔墨记录下那个"世纪末"时代的多位艺术家,其中亦有诗人里尔克。有一个小细节,读来令人难忘。诺斯提兹夫人曾有一次邀请诗人前来她所在的度假地小聚,当时一战尚未爆发,有位高级军官也特意赶来瞻仰诗人的风采,随后,他向诺斯提兹夫人提出一个严肃的问题:这位诗人,能否经受得住战争与死亡?诺斯提兹夫人给出了肯定的回答。

莱纳·马利亚·里尔克[②],二十世纪最伟大的诗人之一,以文字作图像、作雕塑,传达乐音和哲思。其文字的强度足以观照和刻画一切,从可见的大千世界,直入不可见的玄奥,配得上真正意义上的诗人称号。我国对这位诗人的译介始于上世纪二十年代,早年

[①] Helene von Nostitz(1878—1944),拥有德俄贵族血统,在德法俄意文艺界交游甚广,在这本回忆录性质的书中(*Aus dem alten Europa*,Cranach Press, 1924),记有当时欧洲诸多艺术家,比如霍夫曼斯塔尔、里尔克、罗丹、杜塞、尼津斯基、卡鲁索、邓肯等等。

[②] Rainer Maria Rilke, 1875—1926。

译介他的中国诗人们,诸如梁宗岱、吴兴华、陈敬容、卞之琳、冯至等,受其人生哲学和诗学的影响尤其深刻,他们不仅仰慕里尔克注重人生经验和事物本质的深沉态度,而且折服于其高超的艺术塑造力,在创作上受到极大启发。在三四十年代的战争岁月中,里尔克曾是一部分中国青年毕生难忘的阅读经验,程抱一曾向友人回忆,敌机来轰炸时,他们在山洞口高声朗诵英文版《祈祷书》,惊叹诗中境界[1];熊秉明在日记中记载,1943年在滇南边境做翻译官时,得到一本梁宗岱翻译的里尔克的《罗丹》,"文字和内容使人猛然记起还有一个精神世界的存在,还有一个可以期待、可以向往的天地的存在。"[2]进入上世纪八九十年代,诗人在中国又拥有了新一代读者,海峡两岸陆续出现多种里尔克诗歌、散文和小说的节译本和全译本,他的晚期作品在此前仅有部分节译,此时也得到了全本的翻译。二十一世纪以来,他的全部的德语诗歌,以及在其晚期创作中占重要地位的法语诗歌,终于也获得了系统的译介。

国际上对于这位诗人的阅读和研究规模之大,气象之兴盛,与诗人的显赫声名相当。上世纪七十年代后虽渐呈式微之态,而本世纪伊始,似乎又经历几许复兴。全球学术界至今已拥有了几十年前无法比拟的数量庞大的多语种研究文献,而且,随着对诗人遗稿和各种遗留文字的发掘整理和出版,各国专家对于诗人及其作品的解读也可谓日新月异。前人打下的基础以及国际学术界的成果无疑为我们今天的译介工作提供了不小的便利,但即便如此,我们面前仍有一重隐形的屏障不容忽视,那就是我们自身的精神状态与内心需求,它们决定着进入诗人语境的可能程度。当今时代,包围我们的

---

[1] 程抱一《与友人谈里尔克》"第一封信"。
[2] 《熊秉明文集》I,1947年11月28日日记。

危险因变形而难以觉察，在它们幻化的诱惑面前，我们反观自身，审视勘察心性空间，究竟还有几分为艺术为真诚所保留？今天，阅读这位诗人，到底意味着什么——也许可以借用诗人自己对克尔凯郭尔的阅读经验来表达："我们不能够只是捎带着翻看他的作品，阅读他，意味着栖息在他里面，他是一座拔摩岛，是音声和落寞的风光，是对心灵的无尽诉求……"① 因此，在对诗人的敬意中，我们首先扪心自问的是，是否能摆脱世俗习气的羁绊，是否能让诗人和他的作品在其旷远的本意中保有安全。

而我们身处一个早已辞不达意的世俗世界。这是诗人很早便洞悉的事实："每个词语都是一个疑问，那自以为是回答的词语，则更加是疑问。"② 日常的人言，与其说是人与人之间的桥梁，不如说正是它使得我们彼此误解和隔绝。"在言语中，我们从来不能够完全坦诚，……我们将不再指望言语能够阐释灵魂。"诗人祈愿回归到"一个有神圣的秘密习俗的国度"，在那里，我们的"内心充满着更悄然的体验"，"于彻底无为中充满创造力，摆脱了言语"。③ 他罢黜了世俗人言在艺术中的资格，决心锻造自己独特的表述方式，发明一种"寂寞的语言"。同样的字眼和词语，由于注入诗人的生命而成为另一种高贵的修辞，它们恢复了与大千世界的古老关联，诗人于是成为一个真实世界的知情者、守望者和道说者。万物都默默等待诗人的目光，一个又一个的词语在等待洗刷自己可疑的身份，重获一种美好的澄明的语言的光彩，成为诗。

---

① 参见 1915 年 8 月 18 日里尔克致伊尔泽·艾尔德曼的信。
② 参见第十卷里尔克文章《再论"独白的价值"》，1898 年。
③ 引自第十卷里尔克文章《独白的价值》，1898 年。

他的语言与意象，无不来自这个有着神圣的秘密习俗的国度，特有的曲折和隐晦是其中丰富经验的浓缩和提炼，仿佛远古时代神秘的预言。他是隐身在这些意象中的魔术师，是进入万物内部的那颗心灵，借助他的眼睛，我们仿佛第一次见到植物、动物、山川大地、日月晨昏的模样，不由得要对自己置身的这个世界重新打量一番。究竟于何处、以何种方式进入诗人的作品，完全因人而异，无有定式，学者们做出各种各样的解读，而诗人自己却始终避免做出过多解释，他永远只是待在自己作品的内部。他那支笔绝不讨好读者，若不具备敏感的心灵和一定的文化修养，势必无法领略其魅力。他的作品多种多样，诗歌、散文、戏剧、小说，如同一群由同一个母亲生出来的个性完全不同的孩子，面貌各异，彼此间又有着血脉关联。他在年轻起步时也曾醉心于浓郁的抒情，而很快觉悟到经验与客观的重要，便全心投入对万物的观察和塑造中去。在最后无比孤绝的隐居岁月，他的生命体验抵达玄奥的境界，遂将诗之语言逼至极限，行走于不可言说之境。他的艺术演变向来急速而剧烈，反射出他频繁承受的灵魂风暴。他对生活、对世界、对艺术及艺术形式的态度，也是整个人格情操的体现。他始终在自问自答，甚至可以说，他将全副性命都放在了这些思考中，因此不可避免地一次次地置身于存在之悬崖峭壁。

世间万象呈现在诗人眼前。他学习观看，却痛切地发现一个事实：人其实始终停留在生活的表面，从未看见过、认识过和言说过真实的和重要的事情。在小说《马尔特·劳里茨·布里格手记》当中，他塑造了一个试图突破生活表层的马尔特。里尔克以一种象征主义的手法，蒙太奇式地将马尔特的回忆、体验、直觉连同各种各样的暗示性的故事材料拼成马赛克图像，类似于散点聚焦的电影片断，任由具有潜在关联的人物、事件和道具引领读者进入生命的多维空间。年复一年，一代又一代的人面对生、死、爱这些最重大的事情手足无措，只是机械地将现成的习俗套在身上便万事大吉，永远达不到真正的成熟，得不到提升和净化，认识不到自己肩负的任务。在这个沦为荒原的世界，曾经与我们相亲的万物渐渐为没有灵魂的虚假事物所取代，那些曾经承载着我们的情感的事物湮灭了，而马尔特觉知到了这些，他想要实实在在的生活，想要把握住它。诗人将马尔特交给了他的恐惧，他让自己创造的这个人物向一切经验敞开，在生命的不可测量的深渊里记录下对生、死、爱的思索。那与外部世界交织穿插的"内心情节"，所蕴藏的锋利的诗意时时撕扯着人的心魄。也许正是因为将多年的思索连根拔了出来，在与这部小说搏斗五六年之久而最终完成它之后，诗人彻底力竭，而他对人的存在价值的质疑，却并未得出答案。

在全力以赴写作这部小说之前，《图像集》《新诗集》和《新诗别集》已经证明了他的目光足以雄劲地捕获成千上万的图像，语言在他笔下如雕塑大师手中的泥土，可以将任何主题塑造成游离于时空之外的独立的艺术品。但等到他翻越过这部庞大的作品，内心仍然感到某种欠缺，这位在罗丹艺术的感召下曾经坚定地信奉"观看"的诗人很快进入反思：也许，仅仅观看是不够的。也许，这付出了一些人性的代价。一味将自己的世界构建于万象之上，其中也许不无一种自私、傲慢，甚至贪婪吧？……①

在作于1914年6月的诗作《转折》中，诗人写道，天使拒绝了

---

① 参见1910年8月30日里尔克致塔克西斯夫人的信。

他作为观看者的进一步的奉献，因为他们判定，这颗心，没有爱。这无比严厉的宣判，是诗人的自我审判，是他人生的一个里程碑。关于人与世界的关系，关于人的存在意义，他有了一个顿悟。

爱，实乃对大地的悲悯，对尘世一切事物的惦念和关切，是积聚所有力量进入一个更高精神世界的努力。倘若没有爱，观看者与他所观看的世界之间便达不成和解，这也是身为观看者的诗人在写作《马尔特·劳里茨·布里格手记》之时内心还不能彻底肯定生活的原因。"眼的工作已经完成,现在是心的事业。"[1] 诗人告知挚友莎乐美，只要自己活着，必将经历这个转折。[2] 当《致俄耳甫斯商籁》和《杜伊诺哀歌》宣告里尔克身为一个观看者的时代彻底终结，对于人类所栖身的尘世，对于生活本身，诗人终于给予了充分的肯定，而成为了"大地的转化者"[3]。通过诗人这转变的态度，人的存在最终摆脱了疑问，获得了无上的意义。在尘世中被剥夺了传统、精神和意义的万物，那些草木、动物、山川河流、古老的手工艺品、祖母的某个手势、先人的房舍、传统的颂歌、等等这一切，包括所有看似卑微的事物，实在是人性最初的根基。现在，当它们注定要在这个世界消亡，保留对它们的记忆，将它们安放于内心，便是人在大地上应担负的责任，也是人对自身的拯救。对尘世大地的这份爱，是在 1922 年早春的寒意中回荡在穆佐古堡上方的歌声，那是对古老传统的回忆，在俄耳甫斯的传统下，诗人将有形世界连同人世间所有美好经验均领入无形的心灵宇宙，令其永恒。

再回首，这的的确确应验了诗人对《布里格手记》将引发的生

---

[1] 参见里尔克诗作《转折》。
[2] 参见 1914 年 6 月 20 日里尔克致莎乐美的信。
[3] 参见 1925 年 11 月 10 日里尔克致波兰译者维托德·于勒维的信。

命质变的预感。他曾说:"我感到这部作品像是一个铸模,从那些痛苦绝望的深凹处,也许翻铸出来的却是福乐,是对生活的肯定。"①

这福乐需要我们仔细品味,绝不可以一种世俗狭隘来测度诗人最终得出的结论,需知在这铸模当中,有生,也有死。

死,这个庞然大物,伴随诗人一生的创作,造就他成为一位信使,为它统治的那个未知世界与人世间做沟通。无论在怎样的生活状态下,诗人从未停止关于生和死的思考。向诺斯提兹夫人提问的那位军官,和很多人一样,将死放置在生的对立面,他们也许都想知道,这位曾写下两首无与伦比的《安魂曲》的诗人,自己是否真有超凡的力量承受死亡之重。②而里尔克从青年时代开始,就已然将死亡视作人生当然的一部分。他曾于一个春日,在佛罗伦萨的花园看见一位黑袍僧侣,戴着面具,死神般伫立于一片明媚之中。反差剧烈的景象触动他日后写下这样的诗句:"看呐,死就这样在生之中。两者交织错综,如棉线穿行在一块地毯里面……"③这个观念反复以各种变调出现在他笔下,民间流传的亡灵故事、贵族世家的祖先事迹、儿童的夭亡以及故友知交的早逝,均在他心中化作对生命隐形的另一面的诉说。死亡在他眼中非但不是生命的对立面,倒更是对生命的补充,人如果想活得真实,如果想领悟生命的完整与神奇,是不可能无视死的。因此对于死,他心怀敬重。他说,恰恰是死亡,将一切引入了人的心中,正如逝去的亲人在我们心中永远存在。他乐于将死亡视作生命不可见的奥秘的入口,艺术家对于人生

---

① 参见 1915 年 11 月 8 日里尔克致洛特·黑普纳的信。
② 里尔克诗作《祭一位女友》和《祭沃尔夫·冯·卡尔克罗伊德伯爵》(1908)。
③ 参见里尔克诗剧《白衣侯爵夫人》(1904)。

中所有不可控的部分，对于这所有的奥秘都应敞开心胸，并以美的塑造来应对它们，"我们是酿造不可见之物的蜜蜂"①，他寻到了梅特林克这样的知音，后者说："……领受这奥秘的最佳方式，便是从今天开始，以我们的灵魂可以想见的高远、完美和高贵憧憬它。我们完全无法用足够的博大、壮美和辉煌将它称颂。"② 在诗人看似纤弱的身体内部，由于容纳了这双重的世界，恐惧被转化成了欣喜与安详。对自然而然降临在我们身上的一切事物予以信任与接纳，这正是他的英雄气概。

里尔克对整个宇宙人生的认识由于超越世俗，不容易被世人理解。他的作品的极度风格化，又使得迷恋其艺术神韵的人们容易将他神秘化。其心灵观照维度之大，使得这位自称心脏是"由俄罗斯、法兰西、意大利、西班牙、沙漠和《圣经》塑造而成"的诗人③，将自身的多样性发挥到极致。他超越了世俗狭隘的国界，延续的是俄耳甫斯的精神血脉。

> 饱满的苹果、梨子和香蕉，
> 还有醋栗……所有这些
> 把生与死向口中诉说……④

他歌声中的这些生命的果实，请读者诸君细细品味吧。

---

① 参见 1925 年 11 月 10 日里尔克致波兰译者维托德·于勒维的信。
② 参见里尔克 1902 年文章《莫里斯·梅特林克》。
③ 参见 1915 年 9 月 11 日里尔克致伊尔泽·艾尔德曼的信。
④ 摘译自《致俄耳甫斯商籁》第一部第 13 首。

里尔克中文版全集共计十一卷，译文依据德国岛屿出版社1975年出版的德文版十二卷《里尔克作品全集》（*Rainer Maria Rilke · Sämtliche Werke*, Insel Werkausgabe 1975），中文版在编排上略作调整。

全集主编是我国著名的日耳曼文学专家叶廷芳先生，翻译工作由叶先生发起并组织主导，迄今已历数年。去年夏日，叶先生病情突然恶化，乃至危重急救，后虽万幸渡过险关，病体却难以继续负荷。出版在即，遂嘱命代撰主编序言。本人自知才疏学浅，远非撰写此序合适人选。越俎代庖，文中定有谬误及不足之处，恳请读者谅解。

中文版全集最终得以正式出版，离不开商务印书馆副总编辑陈小文先生的大力支持，以及郭可女士和石良燕女士的辛勤工作，在此向他们致以诚挚的谢意。

史行果

2020 年 4 月于北京

译者导言

二十五岁之前，里尔克也曾梦想成为剧作家。

依据现在可以找到的证据推测，除了 1904 年完成的《白衣侯爵夫人》第二稿，里尔克的戏剧创作都集中在 1894 至 1901 年。至今保留完整的十几部剧作中，既有叙事体剧作，也有诗体剧作，既有独白体的心理剧，也有节日庆典戏，既有受自然主义影响的写实情节剧，也有象征主义风格的灵魂剧，可见他当时在戏剧领域强烈的创作意愿和做出的努力。此外还有一些作品我们已无缘得见，根据其初恋女友瓦莉的回忆，他的戏剧处女作应该是作于 1894 年夏的一部诙谐的三幕轻歌剧，可惜原稿被她销毁。

本卷中收入的九部剧作，全是叙事体，诗体剧另收在第五卷中。眼下这九部作品，是按照创作时间顺序排列的，其中，《在春寒中》《"现在和我们临终时……"》《日常生活》都曾在布拉格或维也纳公演过。

里尔克是一位早、中、晚期创作存在极大差异的诗人，他在世时间不长，五十一岁去世，如果将他的创作从十八岁算起，二三十年间，他的几番改变都疾速而惊人。读者一般会讶异于他起步时的浮浅天真，最初那个善感多愁的热内与后来经过千锤百炼而沉潜内敛的大诗人简直判若两人。[①] 里尔克本人对自己的最早的作品评价

---

① "热内"是里尔克更名"莱纳"之前使用的名字。

向来不高，始终严格禁止其中某些作品出版，这些幼稚的起步在他看来并不是自己真正创作的开端，他说，与其说这些习作是艺术创作的开始，不如说是自己年少无知的那个阶段的终结。诗人生前唯一一次对自己作品进行汇编，是和岛屿出版社的出版人安东·克彭贝格共同进行的，当他们拟定的六卷本《里尔克作品集》1927年秋面世时，诗人已经逝世。《作品集》收录的主要是当时已正式出版过的作品，并选择性地收入了一些于各处分散发表过的作品，绝大部分早期作品以及所有出于偶然因缘或临时起意写下的作品均未被收入，自然，1899年之前的少作也全部被拒之门外了。除了诗剧《白衣侯爵夫人》的第二稿，他所有的戏剧作品，都未有资格入选。

诗人曾经多次在信件中陈述过自己否定早年作品的理由。1921年12月24日，在写给一位擅自将其早年作品（诗歌、小说、戏剧）结集出版的霍尼希先生的信中，隐居慕佐古堡的诗人再次清楚地表达了自己的感受："看到那个'青年里尔克'这样地被'揭发'出来，我真的感到痛心……这只会让真正的作品变得模糊不清，为那条攀升进入纯粹的作品空间的曲线标识出一个错误的起点。"他的这种态度，并不是所谓害怕别人揭老底，而是源于他对自己寻回自我、返归天性的时间段，有一个明确的认识。他感到，认识这个正确的起点，对于读者的意义至关重要。在他看来，当一个人尚不能做真正的"自己"的时候，是谈不上什么真正的艺术创作的。在1924年8月写给学者赫尔曼·庞斯的信中，他又对于自己的青年时代做了回顾，他承认那是自己第一个文学创作活跃期，但是那些作品最好还是应该锁在抽屉里。而他平生头一次发现自己处于自己天性的中心，是在第一次俄罗斯之行的前一年，也就是1898年。我们可以将这理解为，在此之前的他，还没有力量或者信心真正坚定一个"自我",他急于创作,想尽办法急着要让那些作品面世,实际是为了向充满怀疑的家人以及文艺界的前辈与同行,总之,向"别人"证明自己。他说:"这是我一生中唯一的一个阶段,未将努力用在文学创作内部,而是要用这可怜的一点起步争得别人的认可。"

从不少关于里尔克的传记和历史资料中,我们可以了解到他早年做的这些努力的很多细节。比如1895年秋,他在观看了德国剧作者哈尔伯的自然主义剧作《青春》后,马上写信致敬,并将自己用一周时间写成的剧作《在春寒中》寄去,希望对方允许自己将作品题献给他,而哈尔伯礼节性的答复在两个月后才姗姗来迟。1896年夏,《"现在和我们临终时……"》在布拉格上演,虽然观众的反响差强人意,年轻的剧作者仍旧向这位前辈传递"捷报",称演出"大获成功"。又比如1896年秋,为了让《在春寒中》能够登上舞台,里尔克专门致信给好友,要他在剧院那边替自己争取机会;同一年的圣诞,新出版的诗集《以梦为冕》也是作为一种自我证明被题赠献给了故乡的父母。在那个年代,文学创作在中产阶级家庭的观念中绝不是什么令人能立足社会的严肃工作,热内在家族中一向被期许成为军官或律师,而不是诗人。所以,他面对诸多亲朋好友,始终必须交出一份份"成绩单",用出版的诗集和剧作的成功上演来证明一种他们唯一能够认可的"外在成功",这位经济上还完全依赖亲友的年轻人需要证明自己所作所为的严肃性与正当性。和很多刚起步的文学青年一样,他在很大程度上也遭到家族的虚荣心的"绑架",承受着来自亲族的压力。因此,当真正的天性觉醒而开始占据其生命的中心地位的时候,势必会引发一个巨大的对以往的否定。

那么,我们今天应如何看待伟大诗人的这些少作?

这些剧作，对于现今的意义已经不在舞台。它们是一位大诗人遗留下的深深浅浅的脚印，勾勒出他曾经努力的方向；也更像是一面面镜子，反映出他在时代潮流中曾经拥有过的模样。它们和中晚期作品有如胚芽与枝叶，面貌虽天壤有别，内在却相互关联，正因如此，我们方得以窥见诗人的成长与转向，他一路的挫折和取舍值得我们深加玩味。如果将这些作品与他同时期撰写的文艺评论对照阅读，更能见到他如何在创作实践中努力地去实现自己先锋性的理论思考，但要使手中的笔跟上头脑里的火花，实非一件简单的事情，他缺乏技巧，面临重重难题。这种种观察本身，也许是这些早年之作留给我们的更具有历史性的启示。

通过这些作品，我们可以见到当年在创作风格上同时受自然主义和象征主义两种力量牵引的热内。创作于1896年春的《"现在和我们临终时……"》，是在一位热衷创作自然主义平民剧的老大哥鲁道夫·克里斯多夫·热尼的指引下写成的，他在同一年为这位老大哥的大众剧《铤而走险》撰写过书评，显然在创作上也曾受教于他。[①]
和《在春寒中》一样，《"现在和我们临终时……"》着眼点也在于忠实地再现社会，描绘底层老百姓无望的生活。这时期的热内创办了一份理想主义十足的刊物《菊苣》，他的剧作大多首先发表在这个小册子上面，这位无任何收入的年轻诗人自己掏腰包把它们印出来，免费分发到医院、手工业行会和福利机构，"作为礼物献给人民"。而他也自知，这些"礼物"很难给人真正"带去快乐"，穷苦的读者会埋怨诗人说话不算数，"你许诺说会给我们光亮和安慰，可现在，你给我们描绘的却是黑夜和痛苦。"[②] 这份期刊只维持了三期。

---
① 参见《鲁道夫·克里斯多夫·热尼，〈铤而走险〉》，《里尔克全集》第十卷。
② 《菊苣》第二期后记，1896年3月。

而也就在 1896 年 5 月，热内写信告诉友人，他准备在布拉格组织上演梅特林克的剧作《群盲》。他极为认同艺术评论家赫尔曼·巴尔的看法，提出对梅特林克作品的舞台呈现势必要用"静默"的表现形式，一个不足二十一岁的年轻人能够具有这种眼光，是相当不俗的，虽然这个大胆的实验性尝试最终未在布拉格实现，但六年后，在不来梅，里尔克迎来一次展现其戏剧理念的良机。当时，他为不来梅艺术馆的开馆庆典担任梅特林克剧作《贝娅特丽齐修女》的话剧指导。为此，在排练阶段，他专门致信扮演的女主演，为她剖析剧情和人物，指导她应当如何认识自己扮演的角色，这封精彩的长信清晰地折射出他的戏剧理想：一种突破庸常的外部题材的限制，面向人类基本情感的戏剧。[①] 从 1896 年乃至更早的岁月开始，他就将创作"内心戏剧"视为自己戏剧创作方面的最终目标。里尔克坚信，时代需要内心戏剧，因为内心世界是一个人人得以进入的空间。

从创作于 1896 年夏秋的《守夜人》开始，我们可以觉察到他作品中的一丝转变，叙述性的外在情节已大大弱化，主宰着作品的是人物的内心状态和精神气氛，对于人物的刻画不再联系到社会现实中的情节，而更多是体现一种普遍性的命运，具有一种隐喻，这些自然都令人联想到对里尔克的戏剧创作有着重大影响的梅特林克。

1897 年，就在热内自我觉醒的前夕，他结识了灵魂伴侣莎乐美，不仅更名为莱纳，并且分别在慕尼黑和柏林这两个文化中心刷新了迄今为止所有的社会关系，迈入一个更加广阔的天地。他这一年的作品相当值得我们重视，在 1897 年 10 月写下的针对格奥尔格·赫

[①] 参见《致一位女演员的信》，《里尔克全集》第十卷。

施费尔德的剧作《阿格娜丝·约尔旦》的评论文章中，他已经能够高明地运用梅特林克的艺术理念来剖析该剧失败之处，指出赫施费尔德最宝贵的财富其实是某种内心深处的东西，只能体现在他的人物的静默的内心生活中，而不是在以"变幻的时装和越来越花白的头发为最重要内容"的外部情节中。他本人的戏剧创作此时也彻底与自然主义分道扬镳，因为他认识到，世界的外在表象由于并不"真实"，并不值得艺术家去再现。在1897年11月完成的《不在场》中，最重要的人物根本没有出现，只是体现在两个主人公的对话当中，可是，相对于那外在的可见的表象，这种不可见的存在才是真正的存在，是真正的"真实"，真正的悲剧、真正的情节，也都蕴含在剧中人的内心状态之中。这部剧作带有明显的梅特林克印记。

1898年1月，里尔克第一次在柏林观看了梅特林克的剧作《闯入者》，次年2月，他又观看了《佩利亚斯和梅丽桑德》，而后将观后感写成一篇振聋发聩的评论《佩利亚斯和梅丽桑德》，指出梅特林克的作品在德国实乃遭到了全盘误解。在他看来，梅特林克放弃外在情节而采用象征手法表达内心世界的本意根本没有得到真正的理解，德国的话剧导演对原剧的大幅删减完全改变了梅特林克作品的性质，一个命运的故事蜕变成了一出狭隘庸俗的情节剧，演员的表演因此也停留在现实和心理的浅层，进入不到艺术象征的更深层面。梅特林克作品所要求的"静默"表演沦为空谈，演员光有激情而缺乏技巧，浮浅的情节与演员脸上的表情满足了观众，后者也根本无意于追求更深意味的情感共鸣。也许，正是这一切促使他在1898年夏秋之际写下了随笔《有关物之韵律的笔记》，这篇精彩深刻的文字是他的艺术人生观，也是他对戏剧舞台的期待。诗人在1901年致信不来梅的女演员的时候，心里一定也依旧想着这些年来德国舞台上令他遗憾叹息的肤浅表演，他多么希望能够引导演员和观众走上一条"通往更加深刻的内在真实的道路"啊。如果幽暗的本原性的情感在人们的心中昏迷，观众的目光就会越来越从最重要的背景转移开，"直至迷失在情节的混乱中，在其中精疲力竭"。①

但是，归根结底，他也看清楚了，这不是一个能接纳他的戏剧理念的时代。在写于 1900 年底的《梅特林克的戏剧》这篇文章里，他平静地承认这种意象浓郁的风格化戏剧在他那个时代找寻不到观众。他自己的剧作《日常生活》1901 年 12 月在柏林上演时，也遭到笑场，这在他已毫不意外。由此，他寄希望于未来的戏剧和未来的剧院，以及未来的观众。

他说，戏剧舞台可以宣告新生活的到来，"这消息也可被传达给那些既不迫切也无力量认识新生活姿态的人。"② 因此，为了使得那经由长久的严肃工作而获得的对细腻情感的认知不至于失落在舞台的喧闹声中，我们也许仍有必要仔细读一读这位大诗人早年写下的剧作和相关的文章，寻找他在其中试图呈现的背景旋律，体会他如何历练自己的认知，以彰显静默的内心。

---

① 参见《尼采〈悲剧的诞生〉读书笔记》，《里尔克全集》第十卷。
② 参见《有关物之韵律的笔记》，《里尔克全集》第十卷。

版本说明

本卷九部戏剧作品(包括一部未完成之作),三部曾在期刊上发表,两部曾由出版社出版,其余在里尔克生前均未面世。德国岛屿出版社的六卷本《里尔克作品全集》1961年将八部作品收录在初版第四卷的第三部分,1965年第四卷再版,又补入《守夜人》,遂确定1895—1901年九部戏剧作品的面貌。

1975年,为纪念诗人百年诞辰,岛屿出版社推出十二卷本的《里尔克作品全集》(Insel Werkausgabe. Rainer Maria Rilke, Sämtliche Werke in Zwölf Bänden),内容与上述1955—1966年出齐的六卷本相同。本卷根据十二卷本中的第八卷译出。

史行果

2020年10月

目录

在春寒中 / 1
"现在和我们临终时……" / 63
守夜人 / 84
好妈妈 / 102
高处空气 / 116
不在场 / 131
断片 / 165
日常生活 / 173
孤儿们 / 212

在春寒中[*]

一部黄昏剧

三折戏

人物：

克劳斯·戈尔丁，国家铁路局公务员
克莱蒙汀娜，他太太
爱娃，他们的女儿
弗里德里希·鲍尔博士
梅岑，中间商

---

[*] 根据德文版十二卷本《里尔克作品全集》第八卷注释，该剧作于1895年9月，现在保留了两个版本，此为原初稿，被首次收录在德文版六卷本的《里尔克作品全集》中（法兰克福，1955—1966）。修改稿完成于1896年夏，曾作为剧本在1897年的维也纳和布拉格上演。这个修订版由于顾忌到当时的出版审查和读者的心理接受，无论在语言还是情节上，较原初稿都有所弱化，原初稿最后一幕出现的两个死亡场景都被抹去了，鲍尔没有掐死爱娃，戈尔丁也没有自杀。因此1955年的德文版《里尔克作品全集》最终选择了这部剧作的初版，也就是完完全全出自里尔克本人之手的、未受任何外在建议影响的版本，以体现他最本真的创作风貌。

安娜,戈尔丁家的女佣

汉斯,戈尔丁家的儿子,中学生

第一折

场景:普通人家一间陈设寒酸的房间。脏分分的灰暗壁纸。后门的位置并不完全在正中间。后门左侧是一张俗气的沙发,套着褪色的绿色横竖条纹布套。沙发上方的椭圆形相框内是全家福。左侧靠墙有个矮立柜,搁板上尽是些不值钱的小玩意儿。——右侧是一张弯形桌脚的很寒碜的写字台,上面放着克莱蒙汀娜夫人的帽子和紧身衣。前景处是餐桌。——餐桌旁三张苇编座椅,以及一张靠背椅,那是戈尔丁的座位。——戈尔丁和他的太太正围坐桌边吃早餐。公务员在看报纸,她正在摆放不成套的咖啡具。

戈尔丁(坐在他的靠椅上,眼神怯懦,形容萎顿、拘谨。他有些佝偻,上唇的胡须向下垂,络腮胡则蓬乱地在颔下将两只耳朵连了起来。他翻览着报纸,头也不抬地说……):

嗯,真够冷的。

克莱蒙汀娜(面部线条已经松塌,却极泼辣。动作懒散,毫无魅力。她忙着摆弄杯盏,不理会戈尔丁的话。)

戈尔丁(说得更大声了些,带着强调的语气):天真冷啊,真冷。我都快浑身冰凉了。

克莱蒙汀娜（依旧在摆弄着杯子）：瞎说八道！

戈尔丁（冲着报纸嘟哝）：大夫可是建议我……

克莱蒙汀娜（气呼呼的，将杯杯罐罐放在一边，重重地一坐）：大夫！他倒是还帮你付炭火钱啊——是不是？

戈尔丁（放下报纸站起来，慢慢挪到沙发旁，拿起一块毛毯，将瘦窄的肩膀裹住。——然后，他重新坐进靠椅，叹了口气说道）：嗳，这下可以了。

克莱蒙汀娜（鄙视地望着他）：你可真是个老婆子！我告诉你，你这寒气打哪儿来的。你昨儿不是写东西又坐到了半夜嘛？——你以为自己这样卖命他们就会多给几个子儿？做梦吧，你真会被人笑死！

戈尔丁（卑下地）：可是……

克莱蒙汀娜（继续说道）：他们准会笑死你。难道你瞧不见，那些去年位子还比你低的，今年已经被他们提拔上去了——啊？！你瞧瞧老葛，瞧瞧老哈；人家一张文公纸片都不往家里带，连上班都去得特晚，这可总是你自己说的，——可人家呢，人家现在舒舒服服地坐在主任办公室，摆出一副官架子，天晓得，神气活现的，好像是那教堂里弹风琴的，把亲爱的主都给弹走了调！……

戈尔丁：别造口孽，克莱蒙汀娜；我也会升迁的。

克莱蒙汀娜（笑着用手指着他）：就凭你！

戈尔丁（强摆出一副自信的样子）：没错，我！

克莱蒙汀娜：也许等到那三百古尔盾的腌臜事露馅的那天？

戈尔丁（吓坏了）：克莱蒙汀娜？！——

克莱蒙汀娜：得了，可不是真的吗。你那时说，没人会发现，一定得这么干，为了孩子，为了爱娃……为了汉斯……

戈尔丁（哆嗦着）：你们难道没有去乡下度假吗？……

克莱蒙汀娜：没错！你把我们支开，把我们送到那荒郊野地去——度假。

戈尔丁：爱娃确实把身子养好了。

克莱蒙汀娜：是啊，她是晒得乌漆抹黑地回来了。然后你就让我们在这里加倍地忍饥挨饿，加倍的……倒也不奇怪，那三百古尔盾，咱也没瞧见多少。你自己那份肯定是在这儿花光了……

戈尔丁（欲开口）：……

克莱蒙汀娜：你给我闭嘴！不是你自己说的，天天晚上泡酒馆吗？

戈尔丁：也就是来杯啤酒……

克莱蒙汀娜：老婆孩子都落得猪狗不如了，你还少不得这一口。——你那口猫尿……钱还能去哪儿？（语气加重并且放慢语气地说道）三百古尔盾。难道是我和爱娃在那乡下的狗窝里花光的吗？你知道我们晚上吃点啥，面包，干面包……你好好瞧瞧爱娃，她现在又是那副德性，瘦得没个血色。你瞧这日子过的！棉袄一穿就是五年，五年！她就像个叫花子。——谁都能丢给她一个铜子儿。你真不害臊。——我自个儿呢，那就更甭说了：这日子没法儿过咯。那口猫尿——你就少不得！——

戈尔丁（语气坚定，而又越来越胆怯）：不，克莱蒙汀娜，你可不能数落我。我那时在铁路储蓄所的账上（他突然停住）……从账上扣……扣下的钱，——是你的主意。不然我自己是绝不会干的！老天作证！我是老实人，绝对干不来这事。

克莱蒙汀娜（一下子蹦了起来）：你个胆小鬼！推到我头上了，推给我?……

戈尔丁(身子瘫了,喃喃地说):不是我,我是老实人。

克莱蒙汀娜:老实,我可不吃你这一套,听明白了!我可完全不吃你这一套。你这老实可以让你老婆孩子挨饿。——还从来没人因为老实长出油水来!——你干的这事,可怪不着我,打消你这个念头吧。——我那时告诉过你:随你的便……(有人按门铃。戈尔丁太太朝房门口走去,一边还在激动地喋喋不休)随你的便,随便……(她走出中间的房门去开大门。)

戈尔丁(一动不动地坐着,望着远处。他的嘴张开一条缝。目光愚钝。他的一只手抖抖索索地捂住额头,喃喃低语道):

上帝宽恕我的罪……

(克莱蒙汀娜拿着一封信走回来。)

戈尔丁(手还遮在眼睛上):是谁啊?

克莱蒙汀娜:拿去。(将信递给他。)接着!把信扔到他身上。

戈尔丁(举着信对着灯光,然后用咖啡勺小心地把信拆开。)

克莱蒙汀娜(用手试着咖啡壶的温度):整个都凉透了。爱娃到底去哪儿了?她这会子突然又喜欢睡得这样久。(恶毒地)成公主了。(——走到右边的门边喊道)爱娃!(捶着门,叫得更响了)爱娃!

爱娃(从里面应声道):哎!

克莱蒙汀娜:抓紧点儿,早饭都凉了,听见没有?

爱娃:好的!

戈尔丁(读着信,越来越惊恐。猛地放下信,哀声道):耶稣马利亚!

克莱蒙汀娜(抬头望向他):怎么了?!

戈尔丁(发不出声音来):……是梅岑的信。

克莱蒙汀娜：那又咋啦？……

戈尔丁（有气无力地说）：他要我还钱。

克莱蒙汀娜（一副事不关己的样子）：那又……怎样……？

戈尔丁：我拿什么——我没钱……

克莱蒙汀娜：那就一分都不给呗，梅岑能把你怎样？

戈尔丁（哆嗦着）：他能拿我怎样？拿我怎样？他能让我丢掉饭碗，毁我的名声，让我的一切统统完蛋。

克莱蒙汀娜：这家伙？

戈尔丁：他知道……

克莱蒙汀娜：他知道……

戈尔丁：他知道我……我……贪污。

克莱蒙汀娜：太棒了！——你干得真漂亮。——居然会告诉这样一个货色！你这个呆瓜！——

戈尔丁：怎么办，现在怎么办？（好像被击垮了一样茫然无措。）

克莱蒙汀娜：这下你逃不掉了。活该！

戈尔丁（没了主意）：我的老天爷啊！——

克莱蒙汀娜：你可真是个没用的老婆子！呸！我又得为你想折儿。我倒是有个法子。——

戈尔丁（难以置信地望着她。）

克莱蒙汀娜（粗鲁地）：瞧什么瞧，你个傻样！

戈尔丁：你有钱？

克莱蒙汀娜：没有。

戈尔丁：那你究竟要怎样？……

克莱蒙汀娜（悄声道）：要我说，得让爱娃……

戈尔丁（更加惊讶了）：爱娃？！

克莱蒙汀娜(坐了下来)：你就没注意到，梅岑来得这样勤，他对她有多上心吗？

戈尔丁：没有。

克莱蒙汀娜：你真是呆绝了！连瞎子都能看出来！他围着她转了一整天，爱娃小姐长，爱娃小姐短的……

戈尔丁：你想怎么样？……

克莱蒙汀娜：我想怎样？你还不明白吗？——

戈尔丁：你说啊……

克莱蒙汀娜(带着一股冷酷的平静语气)：他应该得到的是她，而不是钱！这货已经值两个钱了！——

戈尔丁：克莱蒙汀娜，可开不得玩笑啊！爱娃和鲍尔可好得就像定了亲一样的啊……

克莱蒙汀娜(讥诮地说道)：好得就像——定了亲！你真说对了！这位如今哪儿也见不着影儿的先生，先前真是一塌糊涂地——爱上了这丫头。好得——就像定了亲！哎哟，你个老天爷哦！四年前，那个流氓和这十七岁的小鬼私奔，你也是这样说的。人弄到手了，再会了！——咱们可一个铜子儿都没拿到——真是丢人啊！——如今又要从头再来一遍，和什么"博士"，好个斯文的先生……

戈尔丁：爱娃中意他。

克莱蒙汀娜：中意，中意！——别这么煞有介事的。凡是漂亮点的、温顺点的，这小婊子都中意。我的老天！她还用不着一定要把自己和谁拴在一块儿！——那个鲍尔，我已经让她不再对他有念想了。他就这样把她晾在一边——你等着瞧吧……

戈尔丁：鲍尔博士是一位老实……

克莱蒙汀娜：别再跟我提什么老实，我可见识过了！

戈尔丁：那，你是要，爱娃嫁给梅岑？

克莱蒙汀娜（无耻地）：嫁不嫁无所谓！他得把她**弄到手**！

戈尔丁（发怒了）：老婆！

克莱蒙汀娜：得了，得了，得了，你个假正经！吵吵个啥！——你要是宁愿坐牢也行。

戈尔丁（缩成一团）：……我……我……

克莱蒙汀娜：让我来吧。肯定把梅岑捏在手心里！他要是娶她，当然好，假如日后甩了她——我们就真把他捏在手心里了。我总要想出个法子！你要是有我这样的脑筋，戈尔丁，管保你早就当上主任了……

戈尔丁：但这可怜的孩子该怎样……

克莱蒙汀娜：这不用你来操心了！现在别说了。我听见她过来了。——你得去上班了吧？

戈尔丁（看看挂钟）：八点半。马上就去，马上……

（他将身子紧紧裹在毯子里，又瘫了下去。戈尔丁太太将冷咖啡倒进一个杯子，将杯子放在左手的空座位前。）

（爱娃走进来。金发女孩，苍白，面貌姣好而憔悴，凄楚的大眼睛。——她的举止有些生硬笨拙，头发中分从两边松垂地绾起来，遮住耳垂。她向父亲走过去，戈尔丁站起来，她弯下身去，他在她额上亲了一下。）

爱娃：早上好，爸爸。

戈尔丁：早上好，孩子。

爱娃：您休息得好吗，爸爸……

克莱蒙汀娜（插嘴道）：我看倒是你今天"休息得很好"嘛，瞧瞧，都八点半啦。——

爱娃：我觉着好累呀，妈妈！

克莱蒙汀娜：您累啊，大小姐。她倒不说自己整天好吃懒做，啥也不干。——

爱娃：我没偷懒，妈妈！

克莱蒙汀娜：没偷懒，整天就是看书，还……

爱娃：厨房的活儿不都是我干的吗？……

克莱蒙汀娜：那点吃的不用动手就是现成的。——

爱娃：妈妈，是你不许我去幼儿园工作的……

克莱蒙汀娜：你还想自己去挣钱吗，公主？

爱娃：如果我可以自己挣钱，为什么不行呢？……

克莱蒙汀娜：你倒是找到正经事儿了！不行，我不要你去挣钱！在人前得知道害臊。

戈尔丁：工作并不可耻。

爱娃：就是啊，爸爸，我也是这么说。

克莱蒙汀娜：甭拿那些没人信的陈词滥调来烦我！我可不觉得好笑！不可耻！但也不叫人开心！像你这样的丫头，爱娃，你这样的，如果不能想更好的办法挣钱，真是作孽！

爱娃（惊讶地说）：更好的办法？！

戈尔丁：我得上班去了！外面天气怎么样，孩子。——

爱娃（走到窗前）：糟透了，又是风又是雨的。就像秋天一样，——秋天……（她拖着步子从窗前走开，帮父亲套上外套。她母亲在前景左侧收拾杯碟。）

爱娃：好了，爸爸，把领子竖起来吧，早上冷！

戈尔丁：谢谢，谢谢你，小爱娃。

爱娃（拿着雨伞）：给您伞。

戈尔丁：谢谢。

爱娃（拿着帽子）：给您帽子。

戈尔丁：好，都齐了！——那我走了。——那么……

克莱蒙汀娜（不耐烦地）：别回得太晚！——

戈尔丁：我走了啊。——好的。——我还要说一句……

克莱蒙汀娜：留到晚上回来讲吧。

戈尔丁：好吧，好吧……（走得缓慢又迟疑，爱娃跟在他后面。他在门前转过身，真切地吻了姑娘的额头。）

戈尔丁：上帝保佑你！上帝保佑！可怜的孩子！（离开）

爱娃（仔细听着）：爸爸这是说的什么？

克莱蒙汀娜：没啥。（——粗鲁地）你晓得的，他有时候不是那么对劲儿……好了，等一下，现在得打扫打扫这里了。瞧瞧那柜子，八天都没擦。写字台那边也是一团乱七八糟。——来，过来帮我。

爱娃：好，给我一块抹布。

克莱蒙汀娜（扔了一块给她）：接着。

爱娃（没接住）

克莱蒙汀娜：笨手笨脚。

爱娃（弯下腰）：哎哟！

克莱蒙汀娜：怎么，腰都弯不下去了？

爱娃：我就是觉着吃力。

克莱蒙汀娜：走开，走开，打扮打扮去，有客人要来。

爱娃（睁大眼睛）：客人？

克莱蒙汀娜：瞧你这样，可是个惊喜啊！是不？猜猜是谁吧，当然是位先生，一位斯文的先生。

爱娃：我猜不出。你逗我的吧，妈妈。

克莱蒙汀娜：我可没想逗你玩儿。——来了你就知道了！咱们得把房间准备出来。——

爱娃：房间？

克莱蒙汀娜：我那张床空出来，我嘛就睡这个。（指着沙发）

爱娃（愈发惊讶了）：你的床？——

克莱蒙汀娜：别那么大惊小怪的好不好！总不能就这样不把客人当回事，让人家躺在破沙发上吧，睡在那上面，肠子都要转筋。——好吧，要是在意客人的话呢……

爱娃：是谁啊，妈妈？

克莱蒙汀娜：哈呀，你已经好奇啦。是位英俊的先生，一位斯文的先生，你爸爸相当器重他，你一定得对他很好，很好。——

爱娃：对他好。（她放下了抹布。）

克莱蒙汀娜：绝对的！——准没错的！他今天就会来，过一个小时可能就到了，那个梅岑先生。

爱娃（失望，又继续拿起抹布使劲地擦起来）：啊——原来是他呀！——

克莱蒙汀娜：是他，不是他是谁。别一副什么都瞧不上的德性——你这了不得的货色！你到底等着谁来呢，又在等哪个吹牛的家伙和你一道私奔吧，哼——

爱娃：妈！

克莱蒙汀娜：我说的是实话嘛。你以为男人们都想走大运，都想撞上个有过这种风流事的……

（爱娃猛地哭了出来。）

在春寒中

克莱蒙汀娜：别哭啦！哭管什么用。别怪你自己，身子是挡不住勾引的。我只告诉你：不可以躲着不见人，听见没有！客人来了，得手脚并用地捉牢他。那个梅岑还不算是最差劲的。

（爱娃把手从流泪的双眼上挪开，默默地吃惊地看着母亲。）

克莱蒙汀娜（担心自己多了嘴，有些紧张地说）：不用这样瞪我。我只是说，我的意思是……你是不是还想着那个靠不住的博士。

爱娃：弗里德里希对我一向很好，妈妈！

克莱蒙汀娜：一向很好，啊哟哟哟！——

爱娃：我不许你们说他坏话……

克莱蒙汀娜：好吧，好吧！护着你的博士吧。他要是来接你走——那倒正合我意——我可不拦着！但人家根本就不来，他怎么就不来了呢，半年了，他没来过咱家。——

爱娃（倒在一张椅子上——近乎无声地）：他要工作。

克莱蒙汀娜（使劲眨巴着眼睛）：嗯，工作！有道理。——算了，孩子，别指望他了，这个博士先生，人家可有人家的想法。今儿个或明儿个，他就会娶一位富家小姐，到时候，你又会蹲在那里哭天喊地，那可就是第二回了。——我到时候不会可怜你的……好啦，柜子干净了，屋子现在看上去齐整些了，再去把写字台抹干净——爱娃。

爱娃：我可不为他干活。（坐着不动。）

克莱蒙汀娜：为谁？

爱娃：为那个梅岑！

克莱蒙汀娜：你个傻瓜！（走过去，自己收拾好了书桌。）现在几点了？（用劲擦着有污迹的桌面。）

（爱娃仍坐着不动，瞅着地板发愣。）

克莱蒙汀娜（自己去看钟上的时间）：什么——十一点了！汉斯马上就放学了，安娜也还没到，又得我自己生火，真是要命！

（爱娃叹了口气。）

克莱蒙汀娜：不叹气你会死啊！（门被撞开了，汉斯冲进来，一个粗野无礼的十六岁中学生，大衣敞着，脸颊通红，把书一把扔在手边的椅子上。——）

汉斯：你好啊，妈妈！今天风忒大，叫人气都喘不上。——你好啊，姐姐，你好！——又像圣灰日的乖兔子一样坐着啦，哈哈哈哈。——又有啥伤心事啊。（——向她走去，俯身看她的脸——张狂地叫起来）妈妈，你倒也看得下去！从早到晚这样一张哭丧的脸，——真让人倒胃口！——

克莱蒙汀娜（这时在房间里走来走去，从柜子走到书桌，又走到沙发旁，满意地点点头）：行了。——

汉斯：妈妈，我说，你今天是要在家里招待哪个王子吗。这儿也真他妈的太干净了。唔，咱家的柜子，我一连四个礼拜，把所有破烂儿全给塞那儿了——今儿它可都腾空了。（嬉皮笑脸地指着爱娃问）来咱家的那位是来追她的？……

克莱蒙汀娜：梅岑先生要来。

汉斯：原来是梅岑！好啊，真棒！他会给这他妈的无聊日子带点趣味来，他会说得很呢，妈妈，他知道的那些个事儿，别人再照着讲一遍都讲不来的。他可是亲身都经历过，这家伙……这家伙……好呀，他来得正是时候，施瓦布教授病了，你认得施瓦布吧，那个大红鼻头、总不戴领带就来上课的，他有个漂亮闺女。——他今天不来上课，我们就放羊了。——梅岑来了就会带我去咖啡馆,今儿个下午够地道! ——

　　(克莱蒙汀娜正想离开房间。)

汉斯:嘿,妈妈,我可有——新闻! 喂,你,愁眉苦脸的,哈哈哈,你会感兴趣的。有个朋友告诉我,——你知道吗,那个金发的博士,那个总来咱家、总是向爱娃行吻手礼的"有教养"的家伙……(他模仿起来)小姐,(他躬身,好像有什么人向他伸手过来的样子,以一种叫人厌恶的装模作样地对着空气亲了一下)小姐,吻您的手……我……

爱娃(跳了起来):他怎么了? ——

汉斯:哎哟——姐姐这样上心——我偏不告诉你! (双手背在后面,吹着口哨往后退。)

爱娃(追着他):告诉我,汉斯,告诉我。

　　(汉斯继续吹着口哨。)

克莱蒙汀娜:行了,告诉她吧。

汉斯:等等,妈妈,我要对着你耳朵讲。过来。

　　(戈尔丁太太冲他俯下身子,他忍不住发笑地对着她耳朵说了什么。爱娃打着颤,立在旁边。)

克莱蒙汀娜(脸上一副会心的表情):原来如此!

汉斯(大声地):是啊,一礼拜后就结婚!

　　(爱娃轻轻喊了一声,从中间的门冲出去了。)

汉斯:哈哈,现在我可说漏嘴了。爽!

克莱蒙汀娜:我现在去生炉子。——

汉斯:妈妈,晓得不,我饿极了。给我拿片黄油面包来。

克莱蒙汀娜:没有黄油。

汉斯:好吧,那就面包! 面包! 我无所谓! ——

克莱蒙汀娜(打开柜子上部,取出一块列巴,切下一大块来):这么多够吧?

汉斯:行吧,就这么多吧。(大口啃着面包。戈尔丁太太离开。他左手插在裤子口袋里,右手拿着面包,急不迭地啃着,在屋里来回走着。——接着,他哼起了一支街头小曲。)

爱娃(从右手边的门进来,很是苍白,步子似乎不稳):汉斯!

汉斯(转过身):是你啊!

爱娃:告诉我,汉斯,是谁告诉你的。

汉斯(粗鲁地):告诉我什么?

爱娃:你刚才说的。

汉斯(眉毛挑得高高的):你上心了,姐?

爱娃:告诉我。

汉斯:不。

爱娃:你真是个顽劣的小孩!

汉斯:你说我啥?

爱娃:一个叫人讨厌的蠢小孩!

汉斯(发怒了):你!

爱娃:别生气,好汉斯,求你了,告诉我!

汉斯:我不要你的东西——你这个倒霉蛋——我啥都不要你的!

爱娃:你不想要一套植物标本吗?

汉斯:当然想。

爱娃:我给你买!

汉斯:得了吧,别哄我了。

爱娃:我说话算数,给你买。

汉斯:当真?

爱娃：我保证。

汉斯：把手给我，右手，对。

爱娃：那你告诉我……

汉斯：行。鲍尔博士的侄子说的，那个红头发的小矮个儿。

爱娃：那么他知道咯？

汉斯：他叔叔要成亲，他怎么会不知道哩。

爱娃：他和谁成亲？

汉斯：和谁？唔！听说那姑娘很富，很有钱。

爱娃：谁啊，她是谁呢？

汉斯（惊讶地转过身去）：你怎么什么都打听啊！（很精明简短地答道）——我不晓得。

爱娃：汉斯！（乞求他的样子。）

汉斯（没好气地）：我不知道，我压根不知道！（走向柜子，把那些小玩意儿一样样拿到手里打量，一边吹着口哨。）

爱娃（不知所措地走到台前，从口袋里掏出什么来，迟疑地）：好汉斯。

汉斯（停了下来，拉长声调）：唔？

爱娃：能帮我个忙吗？

汉斯：得看是什么事了。

爱娃：你知道我会给你植物标本册的。

汉斯：当然。

爱娃：那，能帮我个忙吗？

汉斯：你给我买那本又大又厚的红封皮的。

爱娃：就是那本。

汉斯：好吧，什么事。

爱娃：你知道鲍尔博士住哪儿。

汉斯：他住在，唔，等下，鲍尔博士……（思忖着）想起来了，横巷110号。

爱娃：你跑一趟，带封信去交给房屋管理员。

汉斯（把手背在后面，身子前倾）：信？！

爱娃：对，我想，这比邮寄更牢靠也更快。

汉斯（保持着那个姿势）：你写的信？！

爱娃（轻声说）：对。

  （汉斯抵住左脚跟，像个陀螺一样转了个圈儿，吹出一声长长的口哨。）

爱娃（不知所措地望着他）：行不行？……

汉斯（伸出指头指着她威胁道）：我明白了，我明白了！

爱娃：求你了，汉斯！

汉斯：好吧，不关我的事。给我吧！

爱娃：你发誓，会把信交给他。

汉斯：我发誓。行了，给我！（她把信交给他。）

爱娃：马上就去。

汉斯：马上。那你呢，植物标本册。

爱娃：行，行，那本红色的。能让我静静吗？——

汉斯：好吧，说话算话！（把一只手插进第二和第三粒纽扣之间，做出一副傲气十足的样子。）

爱娃（慢慢走到后面，朝右手边的门走去。——她在那里再次转过身来）：马上送过去。

汉斯（一肚子坏水地鞠一躬）：遵命，这就去。

  （爱娃下场。）

汉斯（动静很大地把大衣套上，戴上帽子——暗自发笑。到门口又站住了,从口袋里取出信,念道):弗里德里希·鲍尔博士先生收,——哈哈哈,好姐姐——这里面有——有戏。我要是告诉妈妈,那可爽!——不行,我得拿到标本册。(又把信对着光举着,好像要这样把内容看清楚。——然后又一不做二不休地把信放进口袋。)好吧,反正对我有好处!(——他手握门把手,此时已经听见克莱蒙汀娜在外面说话的声音。)

克莱蒙汀娜:请进请进,您进来啊!当然啦!我们收到了您亲切的来信!是啊,我们都高兴坏了。戈尔丁尤其开心,尤其开心。——请啊——您请——您请进来——进来啊!

(梅岑走进来。高个头,额头扁平,眼珠子转来转去。头发梳得溜光,是从两鬓朝着脸的方向梳理的。穿着讲究,样式很张扬,左手拎着一只小旅行包。他的语速非常快,带着一种做作的强调语气。——汉斯听见门外的说话声,闪在一边——并且把帽子摘了下来。梅岑直接走进屋子,没有注意到汉斯。汉斯一连几个深鞠躬,却没被瞧见。克莱蒙汀娜跟着进来,还在不停地说话。——)

克莱蒙汀娜:您这又惦记起我们来,可是真好,真的,您太好了!——我们家戈尔丁,他总是说,梅岑可是好久没来咯。——梅岑跑哪儿去了。——请您多担待,他总叫您梅岑,梅岑先生。

(梅岑倨傲地微笑着。)

克莱蒙汀娜:您快把包搁下吧,还有帽子,您坐啊,别客气!(将软座椅推向他。)请坐请坐!

梅岑(坐下来):谢谢,谢谢,戈尔丁太太……您瞧……

(克莱蒙汀娜坐下来,汉斯还立在后面。)

克莱蒙汀娜(没仔细听他说话):您气色不太好啊,梅岑先生。

梅岑(装腔作势地)：这在外没完没了地跑啊，没完没了地跑，今儿个这里，明儿个那里，要是一路舒服舒服也就罢了……

克莱蒙汀娜：可不是嘛，真是的！——外面的床又不舒服，旅店还贵……

梅岑：可不是。

克莱蒙汀娜：您这回是从大老远过来吧。

梅岑(抬起头眼睛朝上望着)：我从维也纳过来。

克莱蒙汀娜：维也纳，我可熟得很。

汉斯(上前几步)：可你告诉过我，妈妈……

　　　　(克莱蒙汀娜和梅岑吃惊地掉头看。)

克莱蒙汀娜(站在梅岑身后)：闭嘴！闭嘴！(她大声说)哦，您别见怪，梅岑先生，这是我儿子汉斯。

汉斯：是我，是我。(鞠躬。)

梅岑(和蔼地、居高临下地)：咱们见过，对不对，年轻人……

汉斯：可不是嘛。

梅岑(把手伸给他)：个子也长高了！在念中学吧，是不是？

汉斯：是的。

梅岑：拉丁语、希腊文，学得怎么样？

汉斯：唉……

梅岑：呵呵，——都是没啥用的功课。

克莱蒙汀娜：我也说嘛，可怜孩子得学那么多东西，真是恶劣啊。您倒说说看，他们干嘛要学那些没用的，平日用得着吗。您有没有用过这些个？您也是读过中学出来的啊。

梅岑：我吗？唔，(清了清嗓子)——这个……唔，戈尔丁他究竟怎么样了？

克莱蒙汀娜：多谢您惦记。他呀，他还是不能断了吃药。嗳，跟您说啊，梅岑先生，总是去看大夫，总得去——为那大夫花了多少钱呐——

梅岑：是嘛……

克莱蒙汀娜：他还总要在屋子里烧暖气，——我真不知道该去哪儿弄煤球去。现在还是秋天，别人家都还没有烧暖气呢……

梅岑（打量克莱蒙汀娜，又打量把手插在口袋里站在一边的汉斯，——直截了当地说）：您气色可好得很啊，亲爱的戈尔丁太太，还有他，这位年轻人——唔——晒黑了，气色真是不错。

汉斯：可不是嘛，这个夏天过得很不错，我们去了乡下……在……

　　　（克莱蒙汀娜给他使了个眼色，他吓得赶紧闭嘴。）

梅岑（声调拉长）：哦哦哦？！

克莱蒙汀娜：他是说，——是说，那个（——不断对着汉斯眨巴眼睛）——就是……有人请客，请我们去外面待几天……

梅岑：是嘛。——

汉斯（走上前）：我告辞了，梅岑先生，再见。——我还得……

梅岑：好吧，再见！——他看上去真帅。

　　　（汉斯快步从中门下。）

梅岑（冲着克莱蒙汀娜）：孩子们一定让您很开心吧！——听说您去了乡下，我很高兴……

克莱蒙汀娜（尴尬地）：人家请客嘛。

梅岑：请客——能这样享乐一下总是不错的。——人总得有点好事——（加强了语气，目光锐利地看着克莱蒙汀娜）要知道，就算是人家请客，——路费还有其他的花销，可是不小的一笔开支啊……能这样享乐一下，总是不错的……

克莱蒙汀娜(想开口说话,又找不到词儿,只得强颜欢笑。终于结结巴巴地说):我给您倒杯葡萄酒吧?

梅岑(简短地回答):谢谢。

克莱蒙汀娜:呃,马上就要吃饭了。

   (梅岑看看表。)

克莱蒙汀娜:是吧,那您赏光在寒舍喝点汤吧。

梅岑:遗憾,我和几个同事还有约会。

克莱蒙汀娜:哦,太遗憾啦。——不行,我不让您走,尊敬的梅岑先生。我们家戈尔丁,他会把我大骂一顿的!

梅岑:不过……

克莱蒙汀娜:不行,就是不行,——别走了!当然,咱也没啥了不得的东西招待您,很简单的,家常便饭……穷人家的饭……

   (梅岑听到最后一句话,眼睛紧紧盯着她看。)

克莱蒙汀娜(岔开说道):找个帮手也是麻烦得很,没人靠得住。咱家的女佣——我们没钱雇一个固定居家的——不守时……您就将就吃点我闺女做的……

梅岑(抬眼道):您闺女?

克莱蒙汀娜:可不,爱娃,您是不是不记得了……

梅岑(作态地):啊,爱娃小姐,我怎么会不记得呢。嘿嘿,嘿……她还好吧?……

克莱蒙汀娜(扯起嗓门):爱娃!——嗨,嗨——就是不肯出来,这丫头。

梅岑(毫不客气地):到乡下去过了还这样?

克莱蒙汀娜(干咳了几声):是啊。——我想说什么来着,一会儿可别忘了——这回您就住咱家吧?梅岑先生?

梅岑：什么?!

克莱蒙汀娜：嗳，我是说，这里还是要惬意一些，床舒服着呐，我可有好床啊，还是孩子姥姥留下来的……

梅岑：但我可不能……

克莱蒙汀娜：哎哟，有啥不行的，让我给您在这儿支张床，——棉被还是羽绒被，随您挑，那边柜子上有水盆……您要是不嫌弃……（又冲着里间喊开了）爱娃！

爱娃（在里面应声道）：来了！

梅岑：您这真叫我没辙了，戈尔丁太太，——不行，我绝对不能，绝对不行……

克莱蒙汀娜：唉呀……

爱娃（走进门）：喊我做什么？（瞅见梅岑在，想回去，但又想了想，慢慢走了过来……）

梅岑（站起身）：小姐……

克莱蒙汀娜（看到爱娃一副无动于衷的神气，很是尴尬）：这位是梅岑先生，孩子，你是认得……

梅岑：……小姐记不得我了。（惊艳地仔细端详着她。）

爱娃（冷淡地）：哦，我记得的！两年前您经常来找我爸爸。

克莱蒙汀娜：你瞧，梅岑先生还拿不定主意是不是住在咱家哩……

梅岑（彬彬有礼地）：我怕会给您添麻烦，爱娃小姐！

爱娃（讥嘲地）：给我添麻烦？——我在家可是做不了主的，梅岑先生！——（对克莱蒙汀娜说）你要我做什么，妈妈？……

克莱蒙汀娜（尴尬地）：我……我只是想请你，请你准备一下饭菜，安娜指不上……

爱娃：我这就去。（对梅岑略微点头致意，离开。）

梅岑(望着她的背影)：再见,小姐。(——门在爱娃身后关上后,他还一直望着,呆立在那里。戈尔丁太太看到他这样,窃笑——接着媚笑着讨好。)

克莱蒙汀娜：梅岑先生呐,可不可以把您当成咱家的客人啊？——包吃包住,当然咯,如果您不嫌弃——我们这儿条件简陋,都是家常的——不过我们会把所有家当都拿出来。——戈尔丁在家还存了一些好烟,都是别人送的,送的……

梅岑(眼睛还瞥着门那边)：好好好……(他心不在焉。)

克莱蒙汀娜：那,您住下了？住下了？……

梅岑(心不在焉地)：太太,她可出落得相当漂亮了,您闺女……(又纠正道)您家的小姐……(沉吟着说)迷人极了！

克莱蒙汀娜(装作很难为情的样子)：呃,哪里哪里……

梅岑(抬眼道)：真的！——(他抖擞了一下精神说)戈尔丁太太,您刚才的意思……

克莱蒙汀娜：您愿不愿意赏光？……

梅岑：如果不叨扰的话,当然！

克莱蒙汀娜：叨扰？！

梅岑：爱娃小姐会不会……

克莱蒙汀娜：哎哟,她晓得了会很开心的……希望您对房间满意啊。

梅岑(瞧都不瞧四周)：没问题,没问题——绝对满意。可以这就给我水和肥皂吗,饭前我想洗漱一下。您瞧,这一路的风尘……

克莱蒙汀娜(麻利地)：当然当然——马上就来！(她就要走出去。)

梅岑：还有——刚才我想说什么来着,戈尔丁太太——我——我恭喜您,有这么一个闺女。(将手递给她。)

克莱蒙汀娜(谄媚地笑着)：您真是太好了,太好了——完全听您吩咐……（躬着身子出去了。）

（梅岑冲着她的背影望了一会儿，然后笑了。——走上前来，到饭桌前，坐在戈尔丁的位置上。舒舒服服地坐着。点着一支烟，将身子往后一靠——哼起了一支曲子……）

幕布落下

第一折完

第二折

场景和前一折相同。全家人又在吃早饭,这一次汉斯也在,他要起身去上学。爱娃随即也起身。——于是,梅岑、戈尔丁和克莱蒙汀娜待在一起。背景处,不再是那个绿色布套沙发,而是一张胡乱铺着床罩的床。

他们这样坐着:戈尔丁坐在他的靠椅上,他右手是梅岑,左手是克莱蒙汀娜。爱娃背对着观众。——汉斯背着手,在屋内走来走去。

克莱蒙汀娜(气呼呼地):现在你给我坐下,汉斯,你总这样,别人还在吃饭,你就跑开——真没礼貌!

汉斯:我没法再待着。我还得在脑袋里背背功课,坐着我脑子转不了。——

戈尔丁:这小子说得没错——我以前也是这样——不走动走动就记不住东西!不晓得是怎么回事,反正就是这样。——

汉斯(灵机一动):是这么回事,人要是坐着不动,脑子也就不动……哈哈哈……(没有人笑。汉斯继续走他的……)

戈尔丁:您都还满意吧,最尊贵的梅岑?

克莱蒙汀娜:你问得晚了,戈尔丁。——我早就问过了。——

梅岑(很不情愿地把目光从爱娃身上收回来):哦,好得不得了,我睡了个好觉……不过,爱娃小姐,您可能不能说自己睡得好吧——对不对？您很晚都没睡，您屋里的灯——直到半夜还是亮着的。那边门缝里透出来——您原来是我隔壁邻居？

爱娃（回避着他）：我是住那间。——我从来不习惯早睡。

梅岑（被顶了回去）：是这样？——

戈尔丁：好孩子，你应该早点睡！你脸色这么不好。——

克莱蒙汀娜：哎，——这是光线的原因。

汉斯（在后面穿好大衣，——拿上书本，走到门口）：回见！——

克莱蒙汀娜：你就不能过来好好和人告辞？

戈尔丁：随他去，要不就迟到了。梅岑先生不会见怪的。上帝保佑你，汉斯！

梅岑（漫不经心地）：再见！——

克莱蒙汀娜：他是被折磨成这样的，总是一副闷闷不乐的样子，这孩子！——功课担子太重！

戈尔丁：一派胡言！我一贯主张——咱家的孩子们就得学习！我不是要指责先父，不过，他如果让我多读点书，上帝啊，情况就会大不一样哦！算了，——没法子弥补了。可我的孩子们，唉……那小子，得读完中学，爱娃嘛，你也学过点东西！她会弹钢琴啊，梅岑先生！

梅岑：是嘛！（颇为满意的样子。）

克莱蒙汀娜：是啊，她可以给您弹点什么。

爱娃：妈妈，你可是知道的，我多久都没有碰过琴键了。

克莱蒙汀娜：我们还让她学了法语，她还能读点英文书呢……

戈尔丁：就是啊——我总说——一定要有教养。——谁有教养，世界就向谁敞开，难道不是这样吗？

梅岑：是的，现在，学会一种本事变得越来越必要了，完全是一窝蜂嘛，人人都拼命要干这干那的，甚至妇女也要念博士！——我们将要往何处去？——女子已经解放到了这种程度，已经篡夺起那些只适合男人的学科来，小姐，您看这样对吗？——

爱娃：这个对不对，我不知道，梅岑先生。——我是不喜欢这样子的。女人是应该烧饭缝纫的，如果还要做点别的，肯定就要荒废掉她这些责任……

梅岑：您给女性划定的活动范围可是相当的窄啊。

爱娃：宁愿把小事情做好，也好过……

克莱蒙汀娜：我的上帝啊，还真没听过你这样有教养的说话。

戈尔丁：我就知道，她是个聪明的孩子……

（爱娃立起身。）

克莱蒙汀娜：怎么？

爱娃：我得去厨房干活了，妈妈。

戈尔丁：你一刻都不让自己歇歇，爱娃，一刻都不让！

克莱蒙汀娜：你还要这样跟她说，戈尔丁，她整天懒懒散散，逛来逛去的……

（爱娃慢慢从中门下。）

克莱蒙汀娜（望着她，直到她离开）：——您请原谅。她这就走开了，这家伙有时怪得很……这家伙……

梅岑（完全心不在焉地）：没事——没事……（对戈尔丁说）咱们言归正传吧……昨晚说到……

克莱蒙汀娜：我能不能再给您添点咖啡？您不爱喝咱家的咖啡吗？葛施克议员夫人总爱在我这儿喝的。——我掌握的火候正好，她说——我给您再来点儿？——

梅岑：谢谢您，我不爱喝咖啡。

克莱蒙汀娜：不爱喝——哦对了，这是我们女人们的喜好。先生们更爱喝啤酒。——您觉得咱家的啤酒怎样？

梅岑：我觉得不错。——我是想再谈谈咱们那要紧的事情……

克莱蒙汀娜：现在时间不早了吧？——你得走了吧，戈尔丁？

戈尔丁（望着钟，狠狠地）：真的，确实马上就得走……马上，——时间过得真快！

克莱蒙汀娜（冲着戈尔丁一再眨巴着眼睛）：您别怪他——咱家戈尔丁，——他上班得准时。

梅岑：您九点钟才上班嘛，现在还不到八点一刻——那么。

克莱蒙汀娜：哎哟，戈尔丁，瞧你这粗心大意的，赶快，——你还没有拿香烟招待梅岑先生哩——喝完咖啡，抽根烟，味道最好……是不是？——我就知道。我父亲，先父，总是这样说的！——老天在上，他总说，我记得清清楚楚，要是没这根烟……我就不算爷们儿……

梅岑（戈尔丁把烟递给他，他取了一支，轻描淡写地说）：谢谢。（他平静地将烟点着，努着嘴吐出两个烟圈。克莱蒙汀娜狠狠地在座椅上挪动身子避开烟圈，戈尔丁眼睛望向钟。——）

梅岑：那么好！——亲爱的戈尔丁太太，现在请您好心让我和您丈夫单独待一会儿，我们有要紧事要谈。——

克莱蒙汀娜（惊慌地）：这可不成，咱家戈尔丁没什么要瞒着我的。对吧，戈尔丁——对吧？

（戈尔丁点点头，瘫坐下去。）

梅岑：我不得不坚持。——

克莱蒙汀娜：不行不行，这可不行！我可不能让大老爷们儿一大早就为这种事烦心。

（梅岑做了个不开心的表示，用脚不耐烦地踢了一下什么。）

克莱蒙汀娜：昨晚那点事不急，——有的是时间……可不是嘛。

梅岑(近乎粗暴地说)：不对，这事很急！——好心的戈尔丁太太，这事可急得很；(对戈尔丁说)我得和您单独谈谈，您开开金口……

戈尔丁：听见没有(怯怯地)你走开，克莱蒙汀娜……走吧——

克莱蒙汀娜(受冒犯地)：行，我没意见。——

梅岑：事情很急嘛……

克莱蒙汀娜：可不是嘛！(讥诮地说)祝你们好胃口！二位爷！

（很慢地走开，一再朝后面听动静，从中门下。）

戈尔丁(一再地望着钟)：现在可真的不早了……

梅岑：我不会占您很长时间，好心的戈尔丁先生。五分钟，咱俩就能 *au fait*①。就一件事：这个月，您把欠我的钱还我。——这点小钱不会让您犯难。——您既然可以让家人去度假，——是不是别人请你们客呀？……

戈尔丁(迷茫地)：请客？在哪儿请客——这……

梅岑(满意地微笑着)：原来如此。——好吧，我说了，您可以花钱让家人去度假，这显然表明，您手头不再那么紧了。——

（戈尔丁身子陷得越来越低，低头发呆。）

梅岑：要不是我这么有把握，亲爱的戈尔丁，——

戈尔丁(用呆滞的声音说)：我——一个铜子儿——也没有。——

梅岑：哦，——您可别这样，别让我和您自己为难啊。要不您今

---

① 法语，意为"直入主题"。

天就……

戈尔丁：先生，——我——我没钱……

梅岑：我还要在这里待上个四五天，我可以再给您点时间……

戈尔丁（尖声喊道）：我没，没钱——今天，明天，后天，都没钱……

梅岑（强忍怒气，轻言道）：我知道您爱开玩笑，好戈尔丁。

戈尔丁：天打五雷劈——要是我没把这事当真……

梅岑（换了语气）：那么您是认真的咯。（长长地吐了一口烟。）好吧。您是正人君子，您知道，欠钱得还，——这您清楚？您晓得我已经原谅您三次了，纯粹是出于对您的尊重。

戈尔丁（重新有了希望）：亲爱的朋友……

梅岑：这些您都知道。那么，您现在也听好了，这回只要您不还债，我就待这儿不走了。

　　（戈尔丁缩成一团。）

梅岑（用带着杀气的冷酷语气说）：我什么法子都会——什么手段都能用，只要最后能把钱要回来，讨回公道……

戈尔丁：手段？——

梅岑：对。

戈尔丁（惊慌失措地）：您是说？……

梅岑（平静地）：上法庭，抵债。

戈尔丁：耶稣啊，圣母啊！——

梅岑（微笑着）：我知道，您不会让我走到这一步的……

戈尔丁：先生，我没钱还啊！

梅岑：没钱，没钱……就会说没钱！

戈尔丁：这一回求求您发发善心吧！（双手合十，要在梅岑跟前下跪。）

梅岑(仍旧平静地)：别闹了，戈尔丁，对我不管用。

戈尔丁(双手依旧合十)：求您可怜可怜我这把年纪！……

　　(梅岑耸耸肩。)

戈尔丁：可怜可怜孩子们——可怜可怜爱娃！——

梅岑：可怜那个鼻子冲天的小姐？总是居高临下的那一位？(他那受挫的感情爆发出来。)要我可怜这位小姐，她以为世上没人配得上她哩，就因为自己有一副漂亮脸蛋……就因为……

戈尔丁：上帝啊……上帝！……

梅岑：不行，不行，我亲爱的，——这位小姐，她，我本来是什么都依她的……不过这种待遇，在我可就没必要了……

戈尔丁：亲爱的梅岑！

梅岑：这位鼻子冲天的小姐真是太可笑了。我甚至可以让她知道……

戈尔丁：我的上帝！

梅岑(越来越激动，冷酷地继续说道)：让她知道，她父亲……

戈尔丁：……(胆怯地)什么……

梅岑(缓缓立起身，紧紧盯着戈尔丁，非常冷酷地说出这番话)：她父亲，这位骄傲的小姐的父亲，是——一个——贼！

戈尔丁(跳了起来，在一股无能的怒火中举起攥紧的拳头)：你！(他嘶哑地喊出这声，又跌回到座椅上。)

梅岑(背着手，昂着头，傲慢地踱起了步子)：哈哈哈！别发火，我亲爱的。您瞧，咱这记性并不坏，也许比您记性好。——

　　(戈尔丁用手捂着脸，一直叹着气。)

梅岑：现在，戈尔丁，我希望你明白，对付你那句愚蠢的"我没钱"，我有太多法子了，你要明智一点。——我倒是想手下留情。今儿是礼拜二,您听好了:(低声)礼拜三、礼拜四,——礼拜五——(大声地)礼拜五晚上,我必须拿到钱,否则……

戈尔丁:否则怎样?——

梅岑(阴险地嬉笑着):否则您那面子可就没救了——您这位正人君子……

(戈尔丁连气都喘不上来了。)

梅岑:行了,咱们就谈到这了!

戈尔丁(立起身,双手向上举着):梅岑!

梅岑:您别这样,亲爱的戈尔丁,别费劲了……我想,您该上班去了,——我可不想打扰您。

戈尔丁(绝望地在他跟前立了一会儿,然后走到挂衣架旁,唉声叹气地穿上大衣,准备离开。在门口他再次转过身来):梅岑!

梅岑:欸,您这就走了?再会,戈尔丁,——再会,我亲爱的,祝您开心……

(戈尔丁跌跌撞撞地走出去。)

(梅岑将手插在裤子口袋里,嘴里叼着烟斗,在屋里吸着烟,踱着步。)

(克莱蒙汀娜在戈尔丁离开后马上走了进来。)

(梅岑没注意到她进来。)

克莱蒙汀娜(轻咳了一声):呃。

梅岑(转过身):啊,——是您!——

克莱蒙汀娜:是我,梅岑先生,(——戏谑地行了个屈膝礼)除了我还有谁。(装出吃惊的样子左右看看)什么,咱戈尔丁已经走了?——

梅岑:对,他刚走。

克莱蒙汀娜(察言观色地、狡黠地):那么你们都谈妥了?

梅岑(应付道):是啊。——

克莱蒙汀娜:太好啦!什么都比不过一团和气,是不是,梅岑先生?这是我的原则。怎么都行,就是不能闹别扭。我总是这样教导孩子们。——我总是对他们说,听着,嘴别犯贱!——那爱娃,她就是这性子——嘴上不依不饶的东西!(笑了。)呃。——(不自在地问)呃,梅岑先生,您——您——觉得我闺女怎样?

梅岑(吃惊地抬眼道):我觉得她很不错——很不错……

克莱蒙汀娜:真是我们的荣幸!——

梅岑(沉吟着):她生得很俊。

克莱蒙汀娜:是啊,大家都是这么说,都说,和她妈一个样,就是我年轻时的模样儿——您看呐,现在——现在……

梅岑:怎的?——

克莱蒙汀娜:——呃——我要跟您说什么来着!我是想说啊……您别见怪啊,我有点事要和您私下商量……

梅岑:和**我**?

克莱蒙汀娜:可不是嘛!您甭见怪啊。

梅岑:我倒很想听听呐。

克莱蒙汀娜:我这就和您说,免得您心急。前面的废话我都省了算了,——您先坐下呗?!

梅岑:谢谢。——我刚才一直坐着呐。

克莱蒙汀娜:您先坐我再坐,——(她坐在了戈尔丁的座位上。)好了,是这么回事:有关爱娃。——我先前在您面前抱怨过了,这个小东西面黄肌瘦的,像个没熟的柠檬果子。——她肯定是有什么苦衷,——我总这样琢磨着,就在一旁注意了有好长一阵子，现在，我在外面……

梅岑（立定在她跟前）：可是，对不住打断您，您干嘛偏偏要对我说这些……

克莱蒙汀娜（乐了）：干嘛偏偏和您说？这还用问嘛？这个？（一面乐着）您算了吧！（乐着）这正是我琢磨出来的。

梅岑：怎么回事？

克莱蒙汀娜：好吧，是这样，我突——然——发现，这个小东西，她——爱上——您——啦！——（笑起来。）

梅岑：什……么？

克莱蒙汀娜：我没瞎说，——没瞎说。

梅岑：戈尔丁太太——您别开这种玩笑。

克莱蒙汀娜：玩笑——开玩笑，我开玩笑？我这像是开玩笑吗？天地良心……天地良心哦！我只是觉得这事儿好滑稽才乐的！但这是真的！——您别不信——这小东西她迷上您了嘞！……

梅岑：戈尔丁太太，我可不觉得……

克莱蒙汀娜：您不觉得？所以我才要告诉您呐，您可得知道！

梅岑：爱娃小姐对我的态度不像是……不像是……对我上心的样子……

克莱蒙汀娜：您会晓得这丫头的，我和您保证，和您保证。我晓得她的，就像清楚自己脚趾头一样的。——（笑着）您可是叫我称心哦！——您没看出来，她不过是不好意思罢了，——就是因为这个……

梅岑：就是……因为这个……

克莱蒙汀娜：可不是嘛。她可对您着了迷了，从早到晚……

汉斯（闯了进来）：他妈的狗东西……（朝左边摔下书，朝右边摔下大衣,两手插兜地立在屋子正中,脸上怒气冲冲。)

克莱蒙汀娜(两手叉着腰):你这个淘气包,就不能好好地进门吗?

汉斯:唉呀,——别管我!——

克莱蒙汀娜:您别见怪哦,(对着梅岑说)都是他爹管教出来的,这小子!(冲着汉斯说)看我一会儿收拾你。到底有什么事?

汉斯(粗鲁地):不关你事!

克莱蒙汀娜(把一只手扬起来,冲他走过去):还不快讲——真丢人!——在客人跟前现眼,给人家留好印象!——肯定又在学校受罚了吧?

汉斯:谁成想他今天会来考我,那傻瓜,那个……

克莱蒙汀娜:你就继续这样混吧,迟早完蛋。——等着瞧吧。——(对梅岑说)唉,请您多担待(轻声道)这小子在,咱没法说话。我还想告诉您…… 嗳,嗳,——您压根就不晓得——老天……男人唷,——这帮男人唷——真是瞎了眼!——我反正得出门一趟,您同我走一段吧——好不?

(梅岑点头答应,取来帽子和大衣。)

克莱蒙汀娜:我会好好讲给您听,竟有这事,真是!——

梅岑(走到门前):是嘛?——

克莱蒙汀娜(还在急急忙忙地在屋内来回找东西):耶稣啊,可不是嘛,帽子,帽子我搁在外间厨房了——还有外套……这些……这些事都把我弄晕了……(她亲热地冲他点着头。)——好,行了,来吧,——亲爱的先生——我们走……

(梅岑走在前,她随后——两人下场。)

汉斯:哼,老妈今天又来事儿了。他可是一个不错的家伙,这个梅岑!对人真很不错。——真想马上和他一道出去——像昨天那样！可我脑子里总惦记着那该死的考试——这个神经病，恶心……

（爱娃从右侧门慢慢走进来，迟疑地走近汉斯。）

汉斯：你？！今天气色又这么好，像从坟墓里出来一样。又怎么了，爱娃？——

（爱娃叹着气。）

汉斯：唉哟，唉哟，——你整天就会乌鸦叫，你知道我觉得你像什么嘛？知道不？就像一个旧活塞，也是这副德性（模仿着）啊赫——啊赫——啊赫！——

我要是像你这样，成天没事干，——我可不会是这副德性——

（门铃响了，爱娃猛地吃了一惊。）

汉斯：你瞧，你真是个稻草人儿，——一点点小动静就好像让你挨了一枪。

爱娃（颤抖着说）：是安娜吗？

汉斯：不知道。

爱娃：是妈妈？

汉斯（还是无所谓的）：不知道。

（门铃再次响起。）

爱娃：你去开门啊。

汉斯：会是谁啊，哪个叫花子吧……（慢慢走到背景处，当他快走到门口的时候，爱娃拦住他，把他拖回来。）

爱娃：等等，我……我自己去开。（离开）

汉斯：嘿，——你没事吧，老姐？……滑稽！（侧耳留神听着）嘘！谁在说话，是个男人的声音……爱娃在同他讲话。——过来了，会是谁呢……？（……快速走向右边的门，——走进右间，把脑袋伸出来看。——）

（中间的门开了，鲍尔博士走进来，他是一个相貌年轻英俊的男子，有着浓密的棕色头发，留着短髭，修剪得很齐整，衣着优雅。他的谈吐有几分局促和不自然，但其强烈而忠实的性格还是一再流露出来。爱娃在他后面也走进来。）

汉斯（悄声地，还一直躲在门后面）：谁啊——这是？——啊，是鲍尔！是那封信叫过来的！（把门关上。）

（爱娃怯怯地左右看看。）

（鲍尔将伞尖在鞋子上面来回晃着。）

爱娃（迟疑地）：……你……收到了——我的信？

鲍尔：当然收到了。（他想拿出一副无所谓的礼貌而冷淡的声调。）

爱娃：你怎么好久不来了？

鲍尔：你……您……你……晓得的啊，我得工作啊。有很多事情要干。必须工作，不知疲倦地工作，否则就不得上进。（他不停地说着，想转移话题。）我不是那些幸运儿，条条道路现成就是通达的，哪儿都受人待见。我是奋斗出来的，我必须工作，通过工作获得进步，进步之后再必须工作，才能保持住我所获得的。我们那些圈子里，有太多嫉妒、恶意、自负、浅薄！要对付这些家伙！——整天从早到晚埋头看书、钻研、劳心、费神，劳心（突然中断，短叹一声）啊！——

爱娃：……您忙着这些，两年时间都没工夫来我们这儿一趟？

鲍尔：呃，过来不容易。我住得远，学校又——

爱娃：当然——它在城区的另一头。

鲍尔：是啊，——呃——可不是——

爱娃（以突然爆发的热烈）：弗利茨！

（鲍尔吓了一跳。）

爱娃（扑向他，抱住他的双肩）：弗利茨！望着我！你根本不想来见我了吗？

鲍尔（温柔地抚摸着她的头发）：可怜的爱娃！

爱娃（仰头望着）：可怜？难道那传言是真的？

鲍尔：什么？

爱娃：说你结婚了！

鲍尔：没错。（平静的）

爱娃（松开手——冲到房间的角落，好像要尽量离鲍尔远一点。她靠着柜子立着，气都喘不上来）：她是谁？

鲍尔：老天，你平静一下……你的身子！

爱娃：我身子怎样，关你什么事？她是谁？……

鲍尔：美塔·冯·拜恩……

爱娃：哈，哈，哈（凄厉地大笑）那个银行家的千金？——

鲍尔：就是她！

爱娃（凄厉地大笑起来）：你原来是这样的人！每天在我跟前传福音，说什么要无私，要鄙视金钱？而你，倒把自己卖了，为了那好一笔陪嫁，别墅、豪车，把自己的才能、自己的爱情都卖了……（凄厉地大笑）你啊！

鲍尔：我说，我说，这话怎么讲……谁说我不是出于爱情结的婚？

爱娃：谁说的？我凭**感觉**就知道！

鲍尔：我向你保证……

爱娃（毫不客气地）：你扯谎！

鲍尔：爱娃！

爱娃：我发誓，你是在扯谎！因为——因为你爱我！

鲍尔：呃！

爱娃：难道不是吗？就是的，就是的！你无法否认，你上千次地对我说过爱我，你可以说得那样甜，说得那样动听！那是真的！真的假不了——因为真相只有一个……你——你爱我！

（她扑过去，又抓住了他。）

（鲍尔正要答话。）

爱娃（热切地急速地一口气说出来）：闭嘴！闭嘴吧，如果你要对我说什么难听的话。就让我此刻，此刻还相信你是爱我的。别把你残忍的话摔进我那美梦！弗利茨！我不相信！你看呐，你走了，我都没有挽留！我信任你，我心想：他会来的。到时候他就会来的。因为他是个男人。——我总是，总是想着你再来的那个时候，——想着你到时说：爱娃，我来接你——再也不分开了！——……现在，你来了——你，你……（她身子前倾，直盯着他）可是，你的眼睛真的不一样了，完全，完全不一样了——你的脸，完全——哦——还有你的上衣！去，弗利茨，去把这身行头扔了吧，你看上去好滑稽。我还记得你的灯芯绒夹克和伦勃朗帽，——你惯常穿的……（她变得孩子气）这是你开的一个玩笑，一个特大玩笑！哦，我了解我的弗利茨！我那个可爱的弗利茨。把这身换了，跟我来，（讨他开心地）来吧，我们还像从前那样……

（沉默下来）：你这样严肃，嚯，严肃得怕人！你到底怎么啦，好弗利茨，——怎么……

（突然，她似乎猛然醒来一样，将手遮住脸，剧烈地抽泣起来。）

完了……什么都完了！——（哭泣）

鲍尔(不知所措)：爱娃，爱娃，老天爷，我看不得你哭！！

爱娃(跪倒，还一直在抽泣，猛地抱住他)：别离开我！你别走！

鲍尔：可是……

爱娃：别走！你走了，——我，我就得死！

　　　(她跪着瘫倒，继续哭泣着，整个身子抽动着。)

鲍尔(手足无措地站在那里，看得出，他正使劲抑制住所受到的深切感动)：好爱娃，我求你——镇静——镇静……我要是知道你……

爱娃(渐渐冷静下来，擦干泪水——缓缓立起身)：对不起。我有些激动。——我不该……

　　　(步伐沉重地走向前，伤心欲绝，克制着自己。)

　　我祝你……(她说不出来了。)

　　　(鲍尔用双手攥住她的手，使劲地握手。)

爱娃(含着眼泪微笑着)：不，亲爱的朋友，我还不让你走！来坐下吧。——坐这儿。——(给他指了把椅子，她自己坐在戈尔丁的靠椅上。)来——么我们现在来谈谈咱俩吧——就像说两个不认识的人……

鲍尔(责备地)：爱娃！

爱娃(微笑着)：别担心，我的朋友，都过去了……(用轻松的口吻)那么你结婚了？她年轻，美貌——可爱吗？……

鲍尔(回避地答道)：她年纪很小。

爱娃：是嘛？

鲍尔：大概十七岁吧。

爱娃：才十七！——呃！——你们会住在城里吗？

鲍尔：这个我们还没有谈过。

爱娃(直截了当地说)：——告诉我，——我的朋友，你对我真的就完全没有感觉了吗？

　　(鲍尔沉默不语。)

爱娃：坦率告诉我……

　　(鲍尔做了个担心的表示。)

爱娃：别担心！我是你的朋友，我很理智。(她疲惫地微笑着。)

鲍尔：但愿吧，爱娃！我觉得你好，很好……只是……

爱娃(又用刚才那紧张的语气问道)：只是什么？

鲍尔：——你又激动起来了。

爱娃：没有，没有，我很平静，很平静……

鲍尔：只是，在我们之间，有一种东西，让我感到冰冷……

爱娃：那么在……在……你的未婚妻那里——你感觉——你——舒服吗？……

鲍尔：是的。

爱娃：你知道那是什么吗？——

鲍尔：不知道。

爱娃：我知道。

鲍尔：你知道？——

爱娃：要我告诉你吗？……

鲍尔：说真的，这叫我很吃惊……

爱娃：瞧，这个没文化的可怜兮兮的爱娃，(她试图恢复说笑的语气)——现在突然可以解开博士先生怎么也想不通的谜团了。——

　　(严肃地，几乎是陷入臆想般地说道)：你知道那是什么吗？那是春寒！

鲍尔：什么？

爱娃：我早就知道，你总有一天会走来对我说：你身上有股子寒气……要知道，（激动地快速说）要知道，我的青春是艰难的。我是夹在父亲的懦弱和母亲的粗暴中长大的。——我上过学，偷偷读过许多叫我浮想联翩的书。我并不机敏，而喜欢那些虚构的东西，所以，你知道的，就会发生那样的事，我会听信一个后生的痴言痴语，与其说是因为喜欢他而和他私奔，倒不如说是为了去体验写在书上的那些事情而从家里逃跑。出发一小时后我就后悔了！光天化日之下，我见到的一切都粗陋灰暗，我意识到，这不是浪漫而是无耻，不是爱情而是卑鄙下流……真是辛酸！——火车在下一站还没停稳，我就跳了下去，我跑了整整一天，穿过整片森林。但我的身和心都是纯洁的。我做了错事，可是，我的双眼——及时地睁开了，我回到了家。——现在万事大吉了，我当时这样想的。

但是大错特错。迎接我的是父亲的鄙视和母亲的打骂。——尽管我哀求，尽管我满心悔恨地希望得到原谅，却是枉然。他们从来没有原谅我——几乎——直到今天，也没有。——我是一个婊子，即使在自己的母亲的眼中……

鲍尔（惊呆了）：爱娃！

爱娃：就是这样，连我的母亲都相信我干了见不得人的事。我不得不听那些令人不寒而栗的流言！人们猜测我闯入了爱情的秘密地带，人们对我说了很多很多话，因为我当时不懂这些话的意思，所以我可以听他们说下去。但是它们的意思变得越来越清楚了。在爱情的话语中听来温情脉脉的那所有悄悄话，被他们以野蛮的粗暴摔在我脸上！

我受了多少罪啊！——在大街上，他们凑在一起，窃窃地议论……我知道他们交头接耳地说些什么：她是个婊子！

我就这样活着，忍受着，我受的罪比他们用松枝装饰、用祈祷礼敬的画像里的那些殉道士还要多。——我知道自己是纯洁的。这个心灵深处的慰藉将我灵魂所受的所有侮辱冲洗干净……

鲍尔（崇敬地惊叹道）：爱娃，你竟然忍受了这些！

爱娃：你这样吃惊地瞪着我做什么？——我没必要这样忍吗？——好了，现在我来回答你的问题。——所有冷酷无情的话语，以及我的过失，还有那可怕的经历，这一切，沉积下来落在我的心上，便成了：春寒。

就是它，让你觉得冷。这就是我年轻时一失足造成千古恨——再也脱不开它！——就这样，当我认识你，爱上你的时候，——我的境地是极为悲惨的。我已经不再相信人了，他们曲解我、讨厌我、污蔑我。我想，自己真的很糟，我自暴自弃了！——你就是那时候出现啊！你那时多善良啊，——你毫无偏见地来到我身边，——"我喜欢你，"你当时说——接着，你问我，"那些人说的话，是真的吗？"——于是我解释给你听。——你那时真好，就像一棵结实又骄傲的大树，可以让我依靠，向上攀援，向着光亮，光亮！——哦，我那时真是幸福极了！

不过，春寒仍是留在我心上了。——

你明白了吧，这就是我的不幸。——你当时并没有注意到它。但后来，你认识了那个她，那个在无忧无虑的青春的玫瑰香气中容光焕发的她……于是，你感受到了这股寒意，从我心中散发出来的寒意……

鲍尔（努力地克制着内心的感动）：可怜的、可怜的好爱娃。

爱娃：不要，别为我感到难过！我可能太——太——骄傲，不需要这些。再说，——这是命……

鲍尔：你对我这么好，可我站在你跟前，简直就像一个罪犯，爱娃！——我心里有个声音，要我回来，回到你身边。——

爱娃：这是假象。——

鲍尔：不是的，不是的，爱娃，有个声音……

爱娃：不要太伤感了，弗利茨。——你的日子不是挺开心吗？——

鲍尔：开心？——

爱娃（急忙地说）：现在，你走吧，走吧……

鲍尔：这就要我走吗？

爱娃：对，你得走了，我亲爱的。你的未婚妻会等着你的。——

鲍尔：我真的很难离开。我还能再来吗？

爱娃：如果你需要一个友善的建议的话：那么，是的！或者，（忧虑地）最好还是——别来了！别来了！我是为我们——为我们俩——都好！——信我吧！——真的！我看，你不会——再想我了，除非……

鲍尔：我会想你的……

爱娃：但你不该想了。现在，你走吧。

鲍尔：保重，爱娃。——

　　（他们握手，就这样站了一小会儿，鲍尔忍不住了，他猛地抱住她，两人亲吻。——他又挣开，向门口走去。）

鲍尔：再见！

爱娃：永别了！——

　　（鲍尔向门走去，正要开门，克莱蒙汀娜和梅岑到了。——克莱蒙汀娜吃惊地站在门口。）

克莱蒙汀娜：啊。

（鲍尔鞠躬行礼。）

克莱蒙汀娜：真是稀客啊！博士先生！您可过得好？我还以为您在北极——或者哪个犄角旮旯待着呢。——

（朝梅岑转过身去，说）哎哟，——这两位先生还不认识！对不住——对不住。——（介绍道）这位是弗里德里希·鲍尔博士，这位是我们亲爱的朋友梅岑先生。（双方都鞠躬行礼。）啊，您重新光临寒舍真是太好了。我们庆祝一下好不好？庆祝一下！庆祝一下！——您哪天把未婚妻带来让咱们瞧瞧吧？——

鲍尔：当然，——当然。请您原谅，尊贵的夫人，今天我的时间已经有点——紧了。

克莱蒙汀娜：可想而知啊！事儿多着呢！是不是？得买东西，还要走动！——行了，我不耽搁您。不久您再来啊，博士先生。

（鲍尔朝克莱蒙汀娜微微鞠躬，再朝梅岑微微俯身鞠躬。）

克莱蒙汀娜：回见，博士先生！

（鲍尔朝爱娃躬身道别。）

（爱娃强打精神，对他颔首。）

（鲍尔离开。）

克莱蒙汀娜（加重语气对梅岑说）：您还有别的事要办吧？亲爱的梅岑先生？

梅岑：可不是！我还得办一件事。回见！——（梅岑离开。）

克莱蒙汀娜：他变成贵人儿了，你最心疼的这位！——

爱娃：妈妈！——

克莱蒙汀娜：这下，你还有什么可说的，你这倒霉孩子？！呃？现如今这位给自己找了个富家小姐成婚，——你呢，你这可是第二回被人甩了——嗐！——对他来说，想要风流风流，有你就足够了，——可不是嘛！他可精着哩！——这家伙！……（她向爱娃走去，牵住她的手）爱娃，你听我说——我要和你好好谈谈。你不傻——你可不傻，丫头，——你瞧……你看：这梅岑——很喜欢你哟。

（爱娃笑起来。）

克莱蒙汀娜：你别乐啊，天地良心，我要是瞎说，天打五雷劈！……

爱娃（不客气地）：别拿这些瞎扯烦我！

克莱蒙汀娜：不是瞎扯，爱娃！绝对不是瞎扯……

爱娃：我不要听，妈妈。

克莱蒙汀娜：别急，我的小宝贝，你必须得听妈说……

爱娃（嘲讽地）：必须？（笑了。）

克莱蒙汀娜：坐下来：是这么回事……

爱娃：我走了，妈妈，让我自个儿待着……（欲离开。）

克莱蒙汀娜：想走，没门儿！站住！我必须和你谈谈，十万火急，你坐下！

爱娃（打着哈欠，坐在母亲旁边）：好吧，——说吧，说啊，妈妈！

克莱蒙汀娜：是这么回事。头一件，不许你对梅岑无礼。——

爱娃：又来了，总是这个梅岑。

克莱蒙汀娜：怎么就不可以说说这个人，丫头？现在什么都指着他啦。——咱们全家的性命，——你爸的、我的、你的——全家的……

爱娃：上帝呀！——

克莱蒙汀娜：所以得放聪明些嘛。——要不然，你爸爸过两天就要上被告席了……

爱娃(浑身一抖)：要不然？……

克莱蒙汀娜：呃，就靠你了，好爱娃……

爱娃：我？

克莱蒙汀娜(陪着笑说)：对，你呀，我的小宝贝儿……

爱娃：要我怎样？……

克莱蒙汀娜(还是那样陪着笑)：心肝啊，你可得乖乖的。乖乖的，——要让梅岑先生称心，绝不能冲撞了人家……

爱娃(震惊地瞪大了眼睛)：妈妈……

克莱蒙汀娜(没好气地)：好吧，这么说吧：梅岑要你干什么，你都得答应！

爱娃(尖叫着冲向母亲，抓住她的肩膀……)：你不是——当真的，不是当真的——老天爷啊……

克莱蒙汀娜(甩开爱娃)：别这么疯疯癫癫的，谁把你怎么着啦？——放聪明点。——

爱娃(双手抱着腮)：是我疯了吗？——这——绝不可能……

克莱蒙汀娜：闭嘴！——嚷什么嚷！谁逼你干什么了？——瞧瞧有钱人是怎么干的。他们都是为了钱才凑到一块儿的……管他现在爱不爱的！你个老天爷啊，——过日子可没这么理想的事儿，那都不值一文钱，拍一下就没影了……

爱娃(爆发出激烈的情绪)：我不——不！绝不！——

克莱蒙汀娜：行吧，——那就把你爸爸送进法院，马上！——

爱娃(悲叹着)：上帝啊！

克莱蒙汀娜：唉呀，唉，就放聪明点嘛。——

爱娃(迟疑地问)：他要——要——娶我？……

克莱蒙汀娜：可能吧……

47

在春寒中

爱娃(怒不可遏)：可能?！而你，你给他撑腰，你……（她举起拳头冲向母亲。）

克莱蒙汀娜(抓住她的胳膊)：你想干嘛，蠢东西！——你想怎么着？——(发怒道)你已经和那个小痞子私奔过一回！——打这以后，你就别装出一副清白样来骗人啦——

爱娃(愤怒而无力地)：我向你发誓，妈妈！

克莱蒙汀娜：得了得了，发不发誓无所谓。我亲爱的，十七岁的大闺女和人跑了，怎么样也会吃点教训！——你以后会同意我的话！——

（爱娃崩溃了，瘫下去，抽泣着。）

克莱蒙汀娜：再哭也不管用！——世道就这么回事。——有些人干这个，有些人干那个，婊子也得有人做！

爱娃(凄厉地大叫)：妈妈！

克莱蒙汀娜：上流人——有钱人，他们说得倒轻巧。桌上摆满吃的，他们吃得肚子溜圆，用漂亮话儿说着什么"善"啊，什么"尊贵"啊，说有多少人已经没了德性！——然后他们自己跑进腌臜巷子，跑到犄角旮旯儿去勾引姑娘，害人家受罪，把人家逼死……是谁把咱带坏的？——谁啊？是咱们自个儿吗？这是胡扯！——是那些号称改造我们这帮人的人！就是他们没错！要是一个肚饿的穷人羡慕有钱人，偷了他一块面包，——就被他们关进班房——因为他挨着饿就被关进去了，——在班房里他就学坏了，——在坏人堆里学坏了——那是一帮杀人犯，——强盗！然后他就上了绞刑架！哈哈哈，绞刑架！——那些上流人，那些聪明的法官大人，他们以为自己是在为民除害？**他们只有敲碎自己脑壳，才能为民除害**——害虫都在他们脑壳里躲着哩!都在那里头哩!——我可不懂啥政治,听不懂那帮大人们的报告——不过我没傻掉,我晓得:那都不是什么好事!这世道也长不了!——可现在**还是**这老样子!——

所以你不能对着干,丫头啊!你生在穷人家——就是要变坏。什么都是亲爱的上帝以无边的智慧事先规定好了的。这人是木匠,那人是伯爵,还有国王——还有人是恶棍——呃,你呐,你呀,上帝把你变成了婊子!亲爱的上帝哦!——你给我站起来!——

(爱娃万念俱灰,她迟疑着顺从地站了起来。)

克莱蒙汀娜(无比激动地说下去):在人前你不用觉得丢脸——他们早就把你当野鸡了!——就让上帝原谅他们吧!还有,唉呀我的天!……天上的主可是对你特别关照,他本来完全可以把你变成更要不得的东西,——当闺女的又会是什么东西,假如当爹的——

(爱娃屏气听着。)

克莱蒙汀娜:假如当爹的,是个——贼!

(爱娃不解地愣愣地盯着母亲。)

克莱蒙汀娜(走到她跟前):好了,话都说出来了。现在就随你吧。我相信,你已经看清楚了,凭老实又能怎么着!我们是不可以老实的——要是想活下去的话!我不逼你——我可以命令你——我是你娘!但我不逼你。我告诉你:随你自己决定。不过你记着——要是不按我说的去做,你爹后天就进班房。——你好好想想。——(欲离开。)

爱娃(抓住她):妈!

克莱蒙汀娜:唉,孩子,别哭!……

爱娃：太可怕了！

克莱蒙汀娜：别慌……

爱娃：我爱爸爸……

克莱蒙汀娜：你好好寻思寻思。

爱娃（默默地望着母亲，过了一阵子，她缓缓地坚定地说）：我——愿意！

克莱蒙汀娜：你愿意？乖孩子，乖。——（重新又声色俱厉地说）晚上把通向你房间的那扇门留着！——

　　（爱娃猛地一哆嗦。）

克莱蒙汀娜：听明白了？！

　　（她瘫在母亲怀里，哭泣着，浑身都在颤抖。）

　　　　幕布落下
　　　　第二折完

第三折

　　场景和前两折完全相同。这一场发生在次日上午,屋子里完全没收拾,椅子四处乱摆着,柜子上和书桌上的东西都乱七八糟的。——爱娃面色惨白,穿着一件垮垮脏兮兮的晨袍,披头散发地坐在凌乱的床上,用双手撑着脑袋。过了一会儿,戈尔丁从中门进来,他看上去比先前更矮、更瘪缩、更憔悴了。他蹑手蹑脚地,根本没注意到爱娃。

爱娃(抬起头,双手无力地放下,未从床上起身):早安,爸爸!
戈尔丁(回头一看):我的小爱娃。——(朝她走去,在她额头亲了一下。)你脸色这样苍白——这样没血色!你没有不舒服吧,孩子?——
爱娃(没有看他):哦,没有……
戈尔丁:睡得好吗,今天?
爱娃(点点头,然后,好像缓过神来):不——不好——不好!
戈尔丁:看得出来,可怜的孩子!

　　　　(爱娃探询地望向他。)

戈尔丁(担心地问):你要不要去歇息一下?
爱娃(叹息道):是的,你说得对。
戈尔丁(温柔地):去吧!
爱娃(站起身,走了几步,停住,转过身,好像还想说话——父女俩就这样面对面立了一会儿……接着,爱娃抓住他,热烈地亲吻他):爸爸!(——她松开手,从右边门下。)

（戈尔丁呆呆地望了一会儿她的背影，然后拖着步子在房间里来回踱步。最终，他一屁股坐在了自己的靠椅上，仍旧穿着外套没脱。）

（汉斯吹着口哨，从右门进来，准备出门。）

戈尔丁（抬头望着他）：你要出去？

汉斯：啊，爸爸，对，我要出门！——

戈尔丁：去哪儿？

汉斯：这个，——去散散步。回见。

（戈尔丁点点头。）

汉斯（从门边转过身来）：爸爸，你看，这真够奇怪的……

戈尔丁：什么？

汉斯：真的很奇怪。

戈尔丁：你到底指什么？

汉斯：梅岑先生今天一早就跑了。

戈尔丁（止不住惊讶地问）：跑了？

汉斯：是啊。——我醒过来的时候，听到这里有响动。我就穿过爱娃的房间，那里空着，——我从锁眼里往里看……是爱娃坐在床沿上，她睡在这里……

戈尔丁：你说谁在这里？

汉斯（挤眉弄眼）：这个嘛，是爱娃。

戈尔丁：在这儿？——不可能！——（他激动地说。）

汉斯：我眼力可棒得很，爸爸。你晓得，只要被我看见……

戈尔丁：这不可能……（他克制着自己。）

汉斯：上帝啊，她肯定是帮他收拾行李来着，因为这个梅岑先生……因为他穿过这间屋子跑了，手上拎着他的小提箱……

起身跑走了……以为没人看见呐……呵呵呵……这难道不奇怪吗？——

  （戈尔丁无动于衷地兀自瞪着眼。）

汉斯：奇怪得很——不是吗，爸爸？

克莱蒙汀娜（从左侧进来）：什么奇怪？

汉斯：人家跑了。

克莱蒙汀娜：谁跑了？

汉斯（拖着长音）：那个梅岑先生——

克莱蒙汀娜（平静地）：哦，原来如此。——他肯定是有急事。

戈尔丁（眼睛盯着克莱蒙汀娜，对汉斯说）：你现在走你的，——我们有话要讲……

汉斯：我这就走。（吹着口哨离开。）

戈尔丁（严厉地）：爱娃到底怎么回事？

克莱蒙汀娜（看都不看他地坐下来）：会有什么事，没事。

戈尔丁：克莱蒙汀娜，汉斯告诉我，今天一早爱娃在这张床上……

克莱蒙汀娜（一激灵）：胡说八道。那个淘气包寻个开心，——你也会信……

戈尔丁：寻开心？

克莱蒙汀娜：不是寻开心又是什么？——（岔开话题）你今天怎么这时候就从班上回来了，戈尔丁。——

戈尔丁：我没去上班。

克莱蒙汀娜：没去？这真是少见，你居然没去上班。梅岑走了，你是不是高兴坏了？瞧你，都快走投无路了！现在，他走了，那家伙，那个吸血鬼，梅岑，你日子又太平了。——

戈尔丁：他走不走都一样。

克莱蒙汀娜：别犯浑了，怎么会一样。

戈尔丁：根本没区别！

克莱蒙汀娜：瞧你说的。

戈尔丁：我刚才去了警局。

克莱蒙汀娜：你——你去那儿干啥？

戈尔丁（沙哑着嗓子说）：我去投案自首了。

　　（克莱蒙汀娜瞪着他，说不出话来。）

戈尔丁：真的；要让我说，我没有勇气开口，我把什么都一五一十地写了下来，让他们把信呈交探长，现在，我就等着……

克莱蒙汀娜（重新又能开口出声了）：你个不中用的东西！胆小鬼！你竟然干了这事！——老天啊，我真想马上就把你——（她搓着双手，不知如何是好）你居然这么干！——你这个倒霉蛋，——你……（她喘着粗气。）我早就知道，你，你早晚还是会把事情全搞砸——你……

戈尔丁（这一回没被吓住）：我没做错，克莱蒙汀娜。

克莱蒙汀娜（怒气爆发）：是嘛，——当然啦——你多高贵啊，多有教养啊。

戈尔丁：我解脱了——我的良心清白了——我愿受罚，是我自作自受！——

克莱蒙汀娜：哈哈哈！真是个正人君子！愿意受罚。那么我怎么办——孩子们怎么办？贼的孩子！

戈尔丁：这只是我一人的错。

克莱蒙汀娜：你一人？连你孙子都会知道他们的爷爷是贼，连他们都会朝你坟头吐唾沫！——我怎么就嫁了这么一个家伙。——这样一个家伙！当年我爹死了，我身上一个子儿也没有，我还不如在警局登个记,晚上在巷子里卖身,——也比现在好——我告诉你,就那样也比现在好。——为了你——为了你,我想方设法要救你——你倒好,你倒是自个儿跳进去了,你自个儿去投案了!——(凄厉地狂笑起来。)

戈尔丁:我的良心要我这么做。我整晚都没合眼,想了又想……整整一个晚上……

克莱蒙汀娜:昨晚!——

戈尔丁:昨晚!——

克莱蒙汀娜(用无比嘲讽的语气说道):说到昨晚,我还要告诉你一件事情。你坐过来点儿……

　　(戈尔丁把椅子挪近。)

克莱蒙汀娜(左右望望,然后用加重的语气说道):就在昨晚,你的孩子为了你——为了你……当了婊子。

戈尔丁:克莱蒙汀娜!

克莱蒙汀娜(冷酷地):你去问她自己!——

戈尔丁:耶稣马利亚啊!——

克莱蒙汀娜:你倒是跑去自首了!——

戈尔丁(哭泣着):小爱娃,小爱娃。

克莱蒙汀娜:现在就哭吧!可是太晚啦!

戈尔丁:这是你的主意,婆娘!(他跳起身来,浑身打着颤。)——

克莱蒙汀娜(抓住他的胳膊,把他拽回靠椅):胆小鬼!你倒是会怨我,——就因为我想救你——想把你从那腌臜地儿拖出来——你自己倒要跑到里面去。行了,现在你就蹲大牢吧。——(猛然决断地说)我可只让你自个儿在那里面待着去。我可是个正派出身,知道不?我不要再和一个贼有什么关系!听明白了！——你再也甭想见到我!

戈尔丁（哀叹着）：我的孩子们——孩子！

克莱蒙汀娜：你在警局的时候，可压根没想到他们啊——是不是？孩子们——他们对于你来说根本无所谓。现在倒突然想起来了！可不是！把闺女都逼成了婊子……

戈尔丁：这——太过分了……

克莱蒙汀娜：你个哭丧的老婆子！……这是你干的！——还有汉斯，他也不会好到哪里去，他已经够讨嫌的了。亲爱的，——老鼠的孩子会打洞，你给我记着吧。现在，再会了，在牢房里好好过吧——这辈子甭想再见我了——甭想了……

（在身后把门撞上。——下场。）

戈尔丁（不知所措，将手伸向她）：克莱蒙汀娜！

（接着，他瘫下来——抽泣着，双手扣在脸上。）

（过了一会儿，有人按门铃。他猛地一抖，低声说道）：警察来了！——

（一片寂静。戈尔丁双眼直愣愣的坐在靠椅上。门外有个男子的声音。——戈尔丁立起身，撑着椅背站着，用尽全力坚持着。）

安娜（将脑袋探进来）：外面有位先生……是，是……

戈尔丁（示意让人进来。——他的头朝前伸着，带着一种受惊吓的野兽的目光望向大门。）

鲍尔（走进来）：亲爱的戈尔丁先生。

（戈尔丁仍然直愣愣地望着……）

鲍尔（走得更近）：我不请自到……

戈尔丁（在惊喜中如释重负）：哦，亲爱的，亲爱的鲍尔先生。——（双

手伸向他。) 都快认不出您了!好久没见了……

鲍尔:您近来可好——

戈尔丁:我——哦,谢谢……请您原谅,我必须坐下来——一点小毛病,——人老了,我的朋友。

鲍尔:还好,还好——您不算老。

戈尔丁:您请坐。——是什么事让您大驾光临?——

鲍尔:一件私事。——您知道——我一向倾慕您家小姐,而且我常对您清楚地表示过我对她真心的喜爱。——

(戈尔丁的表情变得越来越明朗起来。)

是这样,尊敬的戈尔丁先生——有一段时间,我疏远了爱娃。我不知是何原因。——我认识了一个年轻的女孩子,她父母对我百般逢迎,我便被这女孩的娇俏天真模样给——怎么说好呢——给糊弄住了,给弄糊涂了!——一天晚上,我们订了婚。——可我心里有个声音在谴责我……

戈尔丁*(惊恐地)*:——是嘛——有这样的声音?——*(稍镇定一点)* 请您原谅——我只是感同身受。

鲍尔*(握着他的手)*:可是,没完没了的社交,看戏,晚宴,还有那么多朋友半是羡慕半是嫉妒地窃窃议论着我的这种幸福童话,这一切,都没法让我安静下来思考。——马上,我们就要举办婚礼了。——

然后——昨天,我站在了您女儿的面前。在她跟前,我就像一个混蛋——像一个罪犯……

(戈尔丁猛地抖了一下。)

鲍尔:她严肃又温柔的话语流淌进我的灵魂,一种虚荣的幻觉在这些话语中烟消云散了——我对冯·拜恩小姐的爱不过是一个迷惑人的幻象罢了。——我从这里离开的时候，这情感就已经动摇了。当我又走进她家日常的沙龙，看见我的未婚妻被一群虚荣的蠢货包围着，——看见她多么爱听那些空洞的俏皮话——我感到一阵恶心，简直不明白这么长时间自己怎么受得了的，——不明白自己怎么会想把一生与这样一个虚荣的姑娘——绑在一道。——实话告诉您，这都是因为，美塔的父亲发了话，通过这个婚事，我这个穷光蛋——可以拿到多少钱。——长话短说吧，——我便求婚了，美塔她笑着答应了……于是我……我……戈尔丁先生，我把什么都告诉您了，原原本本都说了，因为您是那位我要请求她原谅的姑娘的父亲，——我要用尽我的全部力量，来褒奖她的善良和坚贞的爱情……请您坦白告诉我，尊敬的戈尔丁先生，——您愿意把爱娃许配给我为妻吗？……

戈尔丁：上帝啊……

鲍尔：我不想强迫您回答。只是再说一点：——请您不要以为，我追求美塔·冯·拜恩，是出于轻浮。那是我的心犯下的错误。——那是一场病。我现在痊愈了！为了爱娃，我什么都愿意去做……

（戈尔丁把手伸向他，口中却无法吐出一个字。）

鲍尔：亲爱的戈尔丁先生！

戈尔丁（轻声地、感动地说）：您和她本人谈谈吧——我叫她来。——
（他吃力地站起身，拖沓着步子，佝偻着身子向右手边的门走去。他的脸色沉了下来。——他又转过身。）

戈尔丁（干巴巴地说）：请您留点神，博士先生，我家的情况有些……有些和您想的……不太一样……

(鲍尔做了一个无法相信的手势。)

戈尔丁:真的,真的,亲爱的朋友。有一点……(犹豫不决地)可能,我也不是……您认为的那样……

鲍尔(走上前去):亲爱的戈尔丁先生!我爱您的女儿!

戈尔丁(被感动了):上帝保佑您!那,我把她叫过来见您!我把她给您叫过来……(在右门口,他猛地转过身来)还有——还有,我祝福你们!——

(强忍着内心的激动,离开了。)

(鲍尔不安地来回踱着步,但是脸上带着期待的微笑。——爱娃走进来,当她瞥见鲍尔,打了个激灵,目光下垂,慢慢地走向前。)

鲍尔(温情地将双手向她伸去):爱娃!——

(爱娃呆呆地望着地面,没有看见鲍尔伸过来的手。)

鲍尔:——你生我的气了?你的确有权生我的气!——你会想,我昨天那样——今天又这样。——昨天和今天,这其中真是发生了许多事情!——

爱娃(吓得一抖,使劲点着头。喃喃道):许多!——

鲍尔:看着我吧!——

(爱娃仍旧呆呆地望着地面。)

鲍尔:你瞧——我真是眼瞎了!但现在我可以看见了,你能原谅我吗?我认识到了——自己是多么——多么地,无比地爱着你!我的生命,每一条每一缕都是和你的生命联系在一起的!——真的,真的,我感觉到了。——在你身边,我感到好开心……

(爱娃慢慢抬起眼,又迅速垂下目光。)

鲍尔:你这样望着我,是在询问我,观察我吗?——真的,在你身边,我感到舒服！不再感到冰冷了！——那是个幻觉，一个严重的错觉，是一个魔！——

  （爱娃严肃地摇着头。）

鲍尔（真诚地）：别摇头，爱娃——亲爱的爱娃！——确实是这样的。亲爱的，春寒不再会伤着我了。猛烈的爱情的烈焰可以把春寒赶跑！……

爱娃（用和原先不一样的声调，犹疑地问）：你真的这样想吗？

鲍尔：是的，我知道的，爱娃，——春寒已经逃走了；——它已经……

  （他伸出手臂。）

爱娃：已经……（朝他紧走几步，目光中带着热情——以一种欢快的、不可描述的激动。她来到离他两步远的地方，目光变得灰暗，整个身子都萎缩了。）

鲍尔（吃了一惊）：你怎么了？——

爱娃：你走吧——走吧！——

鲍尔：告诉我！——怎么回事？来啊。

  （他张开双臂。）

爱娃（颤抖着说）：我不能讲！

鲍尔：爱娃！

爱娃：我不能讲——我也说不出……

鲍尔：为什么？快告诉我！

爱娃：因为……因为我——配不上你……

鲍尔：你糊涂了吗，说什么傻话——算了——（他要将她拉向自己。）

爱娃：别，别，别！——

鲍尔：你要惩罚我！

爱娃：弗利茨！

鲍尔:那你就说正经的!你不再爱我了吗?

爱娃:哦,我要受这样的折磨!(泪流。)

鲍尔:到底什么在折磨你?

爱娃(以一种超人的严厉口气,几乎像在做梦一般地说):看那边!

鲍尔(玩笑地问):哪边啊?

爱娃:那儿!那张床!

鲍尔(听到她的语气,也变得严肃起来):床?怎么?……

爱娃(拖着疲惫的步伐走到床所在的角落,在那儿,她猛地直起身。)(用冰冷的生硬口吻道):在这张床上,昨晚我当了一个男人的婊子。——

　　(她面色惨白,像一尊塑像一样立在那里不动。)

鲍尔(向前一冲):爱娃!

爱娃(眼神呆滞地站着不动。)

鲍尔(双手放下来):你在做梦,宝贝儿,你在撒谎!哈哈哈——真是一场笑话。

爱娃:你要我发誓吗?变得像以前那样。

鲍尔:别太过分了,丫头。这怎么可能呢!我可真要发火了——……

爱娃(提高嗓门,用庄严的声音):我发誓!——

　　(鲍尔像傻了一样瞪着站在角落的爱娃,他的身体猛地激灵一下,他紧握双拳,冲上前去,掐住爱娃的咽喉。只是一下轻微的喘息挣扎,她毙命倒地。她躺在床侧地面上,脑袋靠在床架边沿。——鲍尔瞪着她,颓然坐到床上,他坐着,口齿不清地喃喃说着什么,轻轻抚摸着她的金发……爱娃死去的那一刻,在右边房间里传来一声枪响。安娜从右边冲出来,大声叫喊。)

安娜(从右边出来)：耶稣马利亚，老爷他！——
汉斯(从中门气喘吁吁地进来)：警察来了！——

幕布落下
第三折完

"现在和我们临终时……"*

独场戏

人物：

寡妇戈特纳太太

海伦娜、特露蒂，戈特纳太太的女儿

利波德，房主

房屋管理员

大夫

时间：当代

舞台布景图

---

* 根据德文版十二卷本《里尔克作品全集》第八卷注释，该剧大概作于1896年春，刊于里尔克自办刊物《菊苣》第二期上。1896年8月在布拉格的德意志人民剧院上演。标题引自《圣母经》祷词：天主圣母马利亚，求你现在和我们临终时，为我们罪人祈求天主。

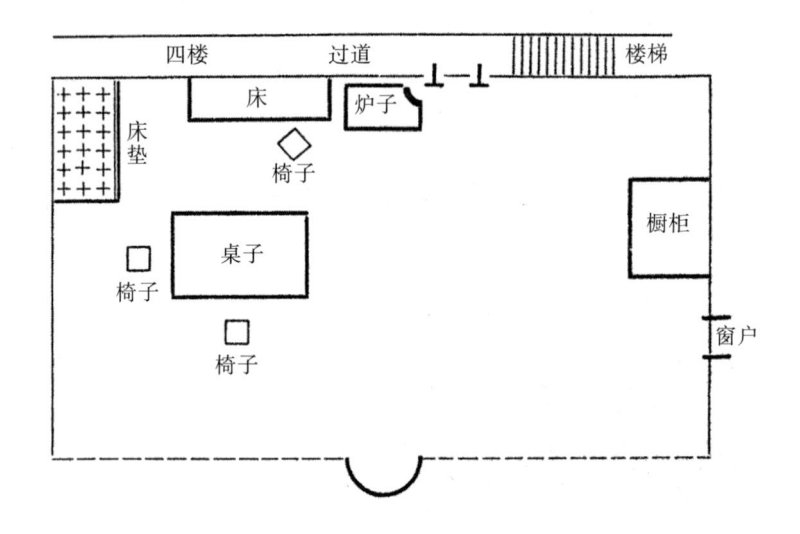

```
       四楼         过道            楼梯
     ┌──────┐   ┌──┐
     │  床   │   │炉│
床垫  └──────┘   │子│
        ◇         └──┘
       椅子
                              ┌──┐
     □  ┌──────┐              │橱│
    椅子 │ 桌子 │              │柜│
        └──────┘              └──┘
        □
       椅子                    窗户
```

戈特纳太太的房间。戈特纳太太已临终弥留,她躺在床上,床挨着后墙。大女儿海伦娜,大约24岁,美丽,金发,正在炉灶上忙着。特露蒂走了进来——小女儿。大概13岁的样子,长得不好看,深褐色的头发,表情有些生硬。

戈特纳太太(躺在床上,紧紧裹着被子,昏睡之中呻吟着):哎哟!哎哟!

海伦娜(在炉子上用一个褐色的小碗热着一碗汤,怯生生地唤道):妈!

(戈特纳太太呻吟着。)

海伦娜:哦,上帝!(她把碗从炉子上拿下来。)我要叫醒她,汤已经热了;妈!(她轻轻走到床前。)

(特露蒂从缝纫学校回来,胳膊上挎着一个小篮子。她蹦蹦跳跳地进来,高兴地哼着歌儿,当她想起母亲还病着,这才变得严肃。)

海伦娜:嘘!

(特露蒂正色将篮子放下,踮着脚尖朝床边走去。)

戈特纳太太:……海——伦娜……

海伦娜(弯身朝向地):我在这儿,妈妈。

戈特纳太太(吃力地):已经——是——晌午了?

海伦娜:中午了,妈妈……你睡得好吗?

戈特纳太太:中午……中午……

海伦娜:你睡着了——十点钟的时候,——记得吗,是在大夫走了以后。

戈特纳太太:大夫?(很快地)哦,对,对……我记起来了。

海伦娜:现在喝汤吧,好吗?

戈特纳太太:又要吃饭了?……不,我不要吃……

海伦娜:不行,大夫说了,你得吃东西;等他下午再来的时候……

戈特纳太太:还要再来?今天?……

海伦娜:他要再检查一下……

戈特纳太太(温和地):好吧,把汤端过来……(她瞅见了特露蒂)特露蒂吃过了没有?

(特露蒂摇摇头。)

戈特纳太太:没有?拿去——拿去吃……(她发不出声来,打着手势,尽量让海伦娜明白,她要先让特露蒂喝汤。)

海伦娜(照吩咐做了):好吧,好吧,——接着,特露蒂!别激动,妈妈,要不又得抽筋了。

(戈特纳太太又躺下了,呻吟着。)

"现在和我们临终时……"

特露蒂(轻轻扯着海伦娜的裙子,对她悄声说):嗨!

(海伦娜转身向她。)

特露蒂:我跟你说,——老师她不想花钱买你的手工。在篮子里呢,她又给退回来了;这样也好,你就自己留着吧。

海伦娜(思忖着):……不想花钱……

特露蒂:工厂做的要更好,并且……

海伦娜:不想花钱……(从思想中醒过来)那另一桩事呢?

特露蒂:啊,店里的差事……等一下,她给了我一封信。

(戈特纳太太呻吟着。)

海伦娜:你的汤马上就好,妈妈——马上!

戈特纳太太(含混地):好,好……

(特露蒂从小篮子里取出一封信,交给海伦娜。海伦娜疾步走到窗前,急匆匆地撕开信封,朝里面一看。)

海伦娜(好像受了致命一击那样绝望):完了!

特露蒂(用勺子舀汤喝,抬眼看她):我的上帝,怎么了……你也病了吗,海拉?

海伦娜:咱们可怎么过啊?

特露蒂(老成地):他们又没录用你吗?——求你了,开心点儿。你不用待在那叭儿狗的后面……

海伦娜(轻轻抚摸她的头):喝你的汤吧,特露蒂,汤一会儿就凉了!

(特露蒂好像被泼了冷水一样回过脸,很快地舀着汤喝。)

海伦娜(一动不动地站了一会儿,然后倒了一些汤在杯子里,在床沿上坐下):来,妈妈,……来喝汤……

戈特纳太太:喝汤?

海伦娜:是啊。——你坐起来一点儿。(帮她坐起来,把枕头靠好。)

特露蒂,过来帮帮妈!

特露蒂(帮着忙,孩子气地问):妈妈,你好点没有?

（戈特纳太太虚弱地微笑着,亲吻她的额头。）

海伦娜:来,尝一口吧,妈妈!(她轻柔而耐心地一勺勺喂着母亲。)

特露蒂(跪在床边):好喝,是不是?

海伦娜:特露蒂,你今天有没有用功念书?

特露蒂(有些不乐意):当然啦,妈妈,我一向是用功的,是吧……

海伦娜(对母亲说):不喝了?

（戈特纳太太摇了摇头。）

海伦娜:再喝一口,为了早日康复。

特露蒂:我生病的时候,你也总是这样子的。为了妈妈,再来一口,乖乖听话,再来一口……(她笑起来。)

戈特纳太太(无力地躺回去):不喝了——饱了——饱了!

海伦娜:你没吃多少!

特露蒂(现在重新亲昵地依偎着海伦娜):你自个儿呢,海拉,你可什么都没吃啊……

海伦娜:嗳,……我啊!——

特露蒂(从她手中取过杯子):等一下,让我来喂你!来,现在(学着海伦娜的声音)为妈吃一口……

（海伦娜微笑地吃了一口。）

特露蒂:再吃一口,为了我!

海伦娜:你这个小淘气!

戈特纳太太:特露蒂!

海伦娜:特露蒂,妈喊你呢!

特露蒂:什么事儿?——

戈特纳太太：你那本童话书——在吗？

特露蒂：童话书，当然在啦。我晓得，我要再给你念一段，妈妈。（她搬了一张椅子，放在床边，从抽屉柜里取出一本书，带着孩子气的加重语气，开始轻声念起来。）

（她念道）他们来到一座又大又美的花园。园子里有特别美丽的硕大的花儿，在金色的叶片当中，每朵花上坐着一位穿着白裙的小仙子，正吹着小小的芦笛。明丽的泉水伴着笛音起舞，欢快地互相说着话，使得他们俩感到这一切特别绚丽可爱。王子说道："这是我的花园。这一切都是你的，只要你在我出门去杀那只恶龙的时候对我保持忠贞，那龙要了很多无辜的人的性命。"那女孩子的脸变得通红，说："哦，我会对你忠诚不变。不是因为你是一位英俊的王子，拥有金色的宫殿和这花团锦簇的美丽的花园，而是因为我爱你，发自我的真心……"

（特露蒂专心致志的，把椅子靠得离床更近了些，她现在声音越来越轻，只听见她好像喃喃自语。——海伦娜一直默默地站着，把额头顶在窗板上。这时，门推开了一条缝。）

房屋管理员：小姐！

海伦娜：啊，是您！有什么……

房屋管理员：请原谅，房主让我转告您，让您把——呃，我真抱歉，……让您把……房钱交给我……

海伦娜：老天，亲爱的沃克，明天吧，明天一早……

房屋管理员：对不住您，小姐，可是……

海伦娜：现在不成啊，不走运，这病……

房屋管理员：是啊，可是……他交待我了；对不住您，您知道……我私下和您说吧……城里这位说了，她们要是不付钱，今儿个就得给我出去……

海伦娜：今天！

房屋管理员：今天就得走，他是这么说的。唉，瞧这天气……连狗都不能撵到巷子里去啊！唉，我也真叫是没法子。

海伦娜：好心的沃克，您替我们求求情吧，您的话，他还是听的。

房屋管理员（没主意了）：这个……

海伦娜（对特露蒂说）：继续念，特露蒂……

房屋管理员：那您说，我该怎么和利波德先生开口呢？

海伦娜（绝望地）：就说我们明天，明天……一早就会把钱全付清……

房屋管理员：那就定明天！

海伦娜：明天……

房屋管理员：好吧，好吧，我就这样和他说，就这样说。

海伦娜：您去吧，沃克，去帮我们求求情。

房屋管理员：好吧，小姐……好吧……

（戈特纳太太呻吟着。）

房屋管理员：你妈妈，她好些了？

（海伦娜耸耸肩。）

房屋管理员：谢天谢地！（要走，在门口站住）对了——要是没钱……

海伦娜：我说过了，明天。

房屋管理员：明天。行吧，——我是要说，如果没钱的话，我是说，他今天会过来，老爷他……

海伦娜（惊恐地）：老爷？！

房屋管理员：是啊，我是说，他下午就会过来……真是对不住您，小姐……真是的，——回见了。

（海伦娜好像变成了石头人那样望着他的背影。）

特露蒂(凑过来)：嘿，——怎么了？

海伦娜(心不在焉地)：接着念吧，特露蒂，念啊！

特露蒂：可是……

海伦娜(气呼呼地)：念啊！

特露蒂：妈妈睡了。

海伦娜：念吧，你不是喜欢自个儿大声念吗，你自个儿大声念吧！

  (特露蒂又溜回自己的位子。)

海伦娜：等等，特露蒂，你其实，其实可以去帮我买点东西。帮我去买点，买点……对了，等一下，妈妈的药没了，(拿起一个小瓶子)瞧，去让药店的人灌满这个瓶子。这儿是药方，去吧，特露蒂，——穿上外套！快去！

特露蒂：马上！(惊讶地问)必须现在就去吗？

海伦娜：对，现在……你准备好了吗？

特露蒂(边套上外套边说)：嗨，把钱给我！

海伦娜(吃了一惊，惊恐地)：钱？！(镇定下来)哦，是买药钱……

特露蒂：不是买药钱还是什么钱？这是方子，上面写着多少钱。

海伦娜：三十块[1]。……(拿出钱包，数钱)十、十五、二十、一、二、三……(轻声道)我的上帝，连这点钱——都不够了！

特露蒂：我准备好了……怎么着？

海伦娜：特露蒂，你现在还是不去的好，晚一点再去……晚上吧。

特露蒂：你逗我玩儿呢，是不？——

海伦娜：不是，特露蒂，现在陪着妈妈，待在家里……如果那个，如果……

---

[1] 原文为十字币，十三至十九世纪在德国南部、奥地利和瑞士使用。

特露蒂:海拉,你今天到底是咋啦!……(走到后面,重新脱下外套,又走到海伦娜身边;讨好地)别生气啊!没生我气吧?

海伦娜(轻轻地亲吻她):没有,没有,妹妹你真乖;等那个利波德老爷来了,你就坐在那边念童话好了……

特露蒂:他?他会到咱家来?那个红……

海伦娜:嘘!他已经来了,你乖点,特露蒂,去念童话……过去……

特露蒂(不情愿地):我这就去。(特露蒂回到刚才床沿上的老地方,重新拿起书本;始终可以听见戈特纳太太在沉睡中轻声地呻吟;特露蒂开始念起来;利波德一进门,她的声音就变得越来越轻,眼睛偷偷瞄着这边。终于,她完全停住了,瞪大了眼睛听着这两人激烈的对话。)

海伦娜(立在窗前,敲门声):请进!

利波德(一个身材矮小、短脖子、红头发的男子,留着精心打理过的小胡子;衣着是用心挑选过的;面容并非不英俊,但是有粗暴相;他迈着坚定的步子走向前,微笑着,将闪亮的礼帽放在橱柜上):日安,日安,海伦娜小姐。怎么样,令堂……好些了?……好些没有?(不等对方回答又说)你好啊,小家伙。

(特露蒂只是绷着脸点点头。)

海伦娜:要有礼貌!……

利波德:算了,随她……

海伦娜:利波德先生,您请坐吧。(将一把椅子挪到橱柜近旁。)

利波德(坐下):谢谢。是这么回事……

海伦娜:对不起打断一下……特露蒂,你念啊!

利波德:亲爱的小姐,我是亲自来这儿取钱的,您今天要付的钱……

(海伦娜脸色变得苍白,她想开口说话……)

利波德：维也纳城里的暴乱，这糟糕的世道，什么都贵……简单说吧，我需要……

海伦娜：利波德先生，只要宽限我们一天！

利波德：亲爱的小姐，行啊，行啊……不过，您已经这样推脱过好几回了……而且……

海伦娜（绞着双手）：我的上帝，就这一次了！

利波德：我说了，行啊，如果不是我眼下自己需要钱用；自打我做买卖以来，三十年从来没这么糟过……

海伦娜：您看呐，我妈妈的病这样重，病得这样重。

（特露蒂仔细听着。）

海伦娜：天知道她能不能……（对特露蒂）念你的，特露蒂！

利波德：唉，我——这真是叫人难过……

海伦娜：我什么活儿都干，磨破了手指，熬红了眼……

利波德：我知道，您——很勤快。

海伦娜（猛地想到一个主意）：利波德先生，您在那么多慈善机构任职。您能不能把这些手工缝纫活儿……（她从橱柜里拿出那个小篮子。）

利波德（微笑着）：不，我不要，谢谢，谢谢，——我那儿堆满了这些玩意儿……（凑得更近些）我已经看出来了，咱们这样是谈不出什么结果的。——海伦娜，我一直用什么样的眼光看您，您就一点儿都不明白吗……您心里就一丝儿暖意都没有……没有？……

（海伦娜正色望着他。）

利波德：说真的，海伦娜，我对您是一片好心……别吓着了！——简短捷说吧，我很爱慕您，海伦娜（热烈地）……非常爱慕！

海伦娜：老天！

特露蒂：妈妈醒了！

海伦娜：请您退后点儿，看在上帝的份儿上，利波德先生，妈妈看到有生人在会吓一跳的……请您退到门那边，炉子后面，利波德先生，对，就那儿……非常感谢！（到床边）妈妈？……

（戈特纳太太大声地呻吟着。）

特露蒂（这时幼稚地发问）：嗨，那人要干嘛？——

戈特纳太太：海——伦——娜……

海伦娜：你要什么，妈妈？……要喝点水吗？

戈特纳太太（有气无力地）：水。

海伦娜（从水壶里倒出半玻璃杯水）：就来！（她把老人扶着坐起来，戈特纳太太小口小口地喝着水，然后又无力地躺下……）

戈特纳太太（语气呆滞地）：没有人……来吧？……

特露蒂：那个利波……

海伦娜（用手捂住她的嘴，轻声说）：没人来，谁会来呢……

戈特纳太太：念吧……特露蒂……

海伦娜：念呐！……

（戈特纳太太呻吟着，然后重新变得安静了一些，好像睡着了。）

（特露蒂很轻地念着，只听见她喃喃的声音。）

海伦娜（走向前朝着利波德说）：完了！……全完了！

利波德（靠近些）：我愿意帮您。您母亲应该在我的宅子里住一间像样的屋子……

海伦娜（感动而喜悦）：您，您说真的，利波德先生？！！！

利波德（冷冷地）：当然，如果……

海伦娜(不安地):如果什么?

利波德(无耻地):如果您委身于我的话……怎样?……

海伦娜(踉踉跄跄地退后几步,严肃又绝望地环顾这间屋子;她的目光落在生病的母亲身上……她猛然毅然决然地说):好——我嫁给您……

利波德:……嫁给我?

(海伦娜呆呆地不解地望着他。)

利波德:娶你,嗯,我可没说……

(海伦娜震惊地听懂了他的话。她双目圆瞪,身子打着抖,她哆嗦着扶住橱柜。)

(利波德把手插进裤袋,似乎一副无所谓的样子看着地面。)

(特露蒂这时念得大声了些。)

(她念道):王子用胳膊搂着她,说道:"你像花儿一样美,一样纯,你的心像露珠一样明亮。你配得到我所能给你的一切。和你高贵的心比起来,我所有的财富都不值一提,我王冠上最美的蓝宝石也远远不及你的眼睛明亮……"

(由于海伦娜和利波德两人的沉默,特露蒂吃惊地左看看右看看。)

海伦娜(声音呆滞地):接着念,特露蒂!(对利波德冷冷地说)您走吧!

利波德(还一直将手插在兜里,狡诈地抬起眼来):什么!——

海伦娜:上帝啊!请您离开这儿……

利波德(尖声笑起来):哈哈哈……您赶我走,您……

海伦娜:请您……

利波德:您以为自己是谁啊?……

海伦娜:我不是——贱的。

利波德：贱！哎哟哟，贱！——哎哟，你这个纯洁的圣洁的……真是可笑。您要明白，只有当一个人有得吃，她才有资格谈德性，就像别人家养得起一条狗或一只金丝雀……但是……您嘛……

另外，要依我，其实根本还不至于那么坏。好多人只得跟了根本不喜欢自己的人……而我呢……我……我这个人！……（激情四溢地）我这个人！……（突然，又沙哑着嗓子威胁道）要是您不乐意，姐们儿，——要是……！那就……请吧——马上收拾东西——这就……

海伦娜（跪下）：求您可怜可怜我们！

利波德（情绪越来越激动）：您要是觉得您母亲还是待在破巷子里更好，能早点康复的话，……

（特露蒂扔下书，瞪大眼睛望着这边。戈特纳太太呻吟着。）

海伦娜（仍然跪着）：求您可怜可怜我们！

利波德（打量着她秀美的身材，忘乎所以；他的眼睛流露出欲望）：海伦娜！（他压低嗓门沙哑地、热烈地喊出来，猛地一把将海伦娜拽起来，拉过来抱住。）

特露蒂（噌地蹦了起来，冲过来用拳头捶着利波德）：您放开，放开，您要把海伦娜怎样……

利波德（恼怒地放开海伦娜，高声笑着掩饰着狼狈）：哈哈哈，这淘气鬼！这个……让她走开，海伦娜！

（海伦娜将特露蒂的脑袋靠着自己，摇摇头。）

利波德（从橱子上拿起礼帽）：那么，晚上七点，您来我家，你来我家吧……海伦娜？威胁的语气。

海伦娜（惊恐地）：不！

利波德(又笑了)：行吧，哈哈，那咱们这事儿就好办了，姐们儿，这间屋子七点钟必须给我空出来……听明白没有？！哈哈！

海伦娜(再次跪下)：求您了！

利波德(冷笑着)：要不就来，要不就走；我说话算话。再想想吧——哈哈，哈哈。(他戴上礼帽，又四下在屋里望望，然后吹着口哨离开。)

(海伦娜撑着小特露蒂站起来，跌坐在利波德坐过的椅子上，嚎啕大哭；——特露蒂跪在她身边。)

特露蒂(抚摸着她的头发)：好了，好了，别哭了……就因为这家伙……

(海伦娜抽泣着。)

特露蒂：好了，别哭了，瞧，都五点半了，大夫马上就来了。

海伦娜：五点半了？

特露蒂：可不，天都好暗了。

海伦娜(擦干眼泪)：上帝，我该做什么来着！

特露蒂：海拉，呃，我中午只喝了汤，我好饿啊！

海伦娜(打起精神)：可怜的特露蒂。抽屉里还有面包，你自己去拿吧！

(特露蒂按她说的做了，在橱柜里找出一块面包，大口吃了起来。天愈发黑了。)

海伦娜(还依旧坐着)：你看看抽屉里是不是还有一截蜡烛。

特露蒂(又将抽屉拉开)：有很短的一截。

海伦娜：拿给我。——大夫来了，好照个亮。(她站起来，筋疲力尽地走到桌前，把那截蜡烛点亮，安放在桌上。)

(戈特纳太太呻吟着。)

(特露蒂边啃着面包，边走来走去，海伦娜晃到母亲的床边,一动不动地坐在那里,将手遮在面前。只听见钟表的滴答声。烛光晃动不稳,混乱的影子在屋顶摇来摆去。有人敲门。)

海伦娜(轻声道):大夫来了。

特露蒂(嘴里塞满了面包喊道):进来。

大夫(风风火火地):晚上好,怎么样了?——(对海伦娜说)母亲怎么样?——睡觉了?

(海伦娜点点头。)

大夫:好,很好。来点光,光,这么黑,我什么都看不清啊。

海伦娜:对不住,我们只有……

大夫(恼火地):那您至少把那边的蜡烛给我拿过来;对了,就这样,您替我举着!

海伦娜(拿着那一小截蜡烛站在床边):妈妈,医生来了。

(戈特纳太太嘟哝了一声,听不清说了什么。)

大夫(给她把脉,摇摇头):发烧了,发烧。(更大声地)戈特纳太太,疼得厉害吗?

海伦娜:妈妈,你疼不疼?……

戈特纳太太(虚弱地):疼?不,不疼……

大夫(站起来):唔,就像我说的,还是老样子;药——您让药房开了新的药吧?——

海伦娜(狼狈地):如果……我就……

大夫(不客气地):见鬼,您要是不按我吩咐的做,我来这儿干嘛!怎么会……

海伦娜:我们现在手头真是(迟疑着,充满羞愧地)——真是——很紧……

大夫(不耐烦地)：这真是叫人难过——但更叫人难过的是，您母亲这都白治了嘛……

海伦娜：大夫……

大夫(不让她打断自己的话)：我没办法再进一步治疗了，请您务必要……您得把药买来，要给病人喝有营养的浓汤，您明白吗，再给她喝一丁点儿葡萄酒；这下老太太她就有精神儿了。

海伦娜：今天她可好了一些，大夫？

大夫(已经起身要走)：好些了，……好些了！一旦您不照我吩咐的去做……

海伦娜：您明早还来吗？……

大夫：明天？！呃——我很忙呢。另外，明天还是开诊日——(他猛地把话止住。)好吧，我明天看情况。记得买药！再见。

　　(他把门在身后带上，然后又折返回来一次。)

大夫(站在门口说)：小姐！

　　(海伦娜惊恐地赶紧跑过去。)

大夫(把手伸给她，语气变得和善了些)：请您做好一切思想准备吧！上帝与你同在！——走了。

海伦娜(叫出来)：我的上帝啊！

戈特纳太太(猛地仰起头)：海伦——娜！……

海伦娜：嗳，妈妈……

戈特纳太太：冷……我冷……

特露蒂(一直站在床垫边上的角落里)：房间里可不是冷吗……我去生火。(她走到炉子旁，把木块投进去，开始生火。)

　　(海伦娜重新坐到床沿上。)

　　(一片紧张的寂静笼罩着一切……只听得钟在滴答响；戈

特纳太太轻轻呻吟着,不时传来一声木屑燃烧的噼啪响,还有海伦娜间或发出的吞声咽气的抽泣声。)

戈特纳太太(开始呻吟得越来越厉害):海伦娜……海伦娜……我嗓子发紧——透透气,透透气!……

海伦娜:我的上帝啊!

(特露蒂一动不动地蹲在炉子边。)

戈特纳太太:上帝,海伦娜——现在,现在……

戈特纳太太(喊了出来):透透气!

(她把脑袋使劲抬高;海伦娜抱住她的双颊,亲吻她汗津津的额头。)

戈特纳太太(渐渐安静下来):透气(声音小下来)透气(声更小了)透气……(她微微喘息着躺下……只是不断地轻轻呻吟着。海伦娜握着她的手。)

海伦娜(语无伦次地、不时夹杂着抽泣):哦,我的上帝,我的上帝,我该怎么办……帮帮我,就现在,帮帮我吧……别让我绝望……我愿意献身……我愿意献出我的命。但是我的贞操,上帝……上帝啊……这不行……这不可能……发发善心吧,我是……诚心诚意的信您的……上帝啊,上帝!(她哭泣着。)

(特露蒂坐在她那张椅子上,无助地望着姐姐,也快要哭出来了。她抽噎着;又是一片寂静……)

(这时有人敲门,没人动弹。——光柱从过道上面打下来,让人看见门被推开了。房屋管理员进来了。)

房屋管理员(轻声地):小姐!小姐……

海伦娜(面色死白,轻声道):上帝啊,现在保佑我!

特露蒂(亲热地蹦到那老人跟前):哈,沃克先生!

房屋管理员：嘘！海伦娜小姐——请你原谅……东西都得搬走，一件不留……他是这么吩咐的……

海伦娜：好心的沃克先生啊！

特露蒂（孩子气地）：什么东西得搬走？——

房屋管理员：唉，您别见怪——我真是没法子帮您——这会让我丢了饭碗……如果……唉，我有家小，还有孙子……

（说这些话的时候，教堂的钟声敲了七下。只听见有人上楼来。）

房屋管理员：他们来了……过来搬东西的……唉……（想向前迈步。）

（海伦娜激烈的内心斗争；她的表情显示出无比的痛苦。——七点钟的最后一记教堂钟声敲过了。）

海伦娜（激动无比地冲上前去，抓住沃克的肩膀，低声说）：您这就到老爷那儿去，快去，告诉他……我……我去找他……

房屋管理员：您要我干嘛？

海伦娜：告诉利波德老爷，就说……我同意，我会过来。

房屋管理员：哦——

海伦娜：快去啊！

房屋管理员：好吧，——那么——东西都留在这儿吧……那么，您答应了，您会过来……会来。（离开。）

（海伦娜冲到母亲床前，深情地亲吻着她无力垂下的手。——然后，她跳起来，打开橱柜抽屉，随手取一条围巾绕在脖子上，冲向门口。特露蒂不声不响地望着她，现在，她抓住姐姐的手。）

特露蒂：海拉，你要干嘛？

海伦娜（匆匆吻了她）：——我马上就回来……

特露蒂：你别走!

海伦娜：我必须去!

特露蒂：我害怕。蜡烛会灭的。——

海伦娜：好孩子，特露蒂……我现在得去……（在门口道）特露蒂……坐到妈妈身边去，她如果喊我，别告诉她我走了。——

特露蒂（害怕地）：我不嘛!

海伦娜：你别说我不在，她会担心的。我就去拿点东西……马上就回来！别跟妈说啊！——（又吻了一下她）上帝保佑你！——（急着离开，只听见匆匆下楼的脚步声，接着有扇门开了，又关上，最后悄无声息了……）

（这时，桌上的蜡烛头熄灭了，舞台变得很暗。——特露蒂害怕地摸回到床边她那张椅子上，——她坐下，一片寂静。）

戈特纳太太（又开始更大声地呻吟，她说着胡话）：不行，不行……我……不能……告诉她……不行……我知道……作孽……真作孽啊……（呻吟着）……真作孽……可是……我那时还小……作孽……不，我不去火山……火好大……不是的，……我忏悔啊……真的……（大声地呻吟。）

（突然，她醒过来；怯生生地，但用一种不一样的清醒的声音喊道）：海伦娜！

（没人应声。）

海伦娜……你在吗？——

（没人应声。）

（惶然）：海伦娜……我感到好些了，——好些了，——我……我能开口说话了……我有话得告诉你，海伦娜！

特露蒂(轻声地迟疑地)：什么？！

戈特纳太太：海伦娜，把手递给我。——

特露蒂(照做了)：好的。

戈特纳太太：我还有个心事，必须对你说。——我晓得自己快死了……

（特露蒂抽泣起来。）

戈特纳太太：别哭！——别哭！

特露蒂：妈妈……

戈特纳太太：上帝，上帝啊，再给我一点时间……听我说！——海拉，我要是死了，

（特露蒂抽泣着。）

戈特纳太太：我要是死了，你去橱子那个盒子里拿到有捆信，拿着它去找利波德……他得照看你……

特露蒂(吃惊地问)：利波德？……

戈特纳太太：他得照看你……海伦娜，这是他的义务！他也会发善心照看特露蒂的。——听着……我的上帝，就一会儿了……听着，(急忙地说)我死去的男人……特露蒂的爹，不是你的爹；在我认识他之前……那时，那时候……你要原谅我啊……海拉……

特露蒂(幼稚地、没有听懂)：行啊！

戈特纳太太(越来越急迫地说)：那时……我爱上了利波德，那个利波德，他，他是你的——爹！

（特露蒂沉默了。）

戈特纳太太：你原谅我吗？(极为惶然地)把手给我……你原谅我吗？……

特露蒂(无助而害怕地)：妈妈！……

戈特纳太太：唉，就是这样……我知道，我是个坏女人……

特露蒂(无助、极震惊地)：妈妈！！！

戈特纳太太：你原谅我了……那就去找利波德……他要是见到信…… 他不再认得出我了……但是那些信……别……忘了……那边左手……橱子里……上帝……上帝……现在可以了……现在(突然喊叫着)透透气，透透气！……海……

  (一阵喘息打断了她，她胸中一阵难受，犹如刀割，她再一次抬起身，然后大叫一声倒下了——一片寂静。)

特露蒂(过了一会儿)：妈妈！

  (再叫了一声)：妈妈！

  (终于大叫起来)：妈妈！(她推搡着死去的母亲。)

  (这个惊恐的孩子冲到门前，打开门，一道宽宽的光柱射进来，这时可以清楚地看见破烂的枕头上死者那扭曲的面容。)

特露蒂(惊恐地冲着下面喊)：海拉！(传来尖锐的回声。只听得下面传来人声和撞门的声音。)

  (特露蒂颤抖地冲回房间，害怕地东张西望；当人声越来越近，她重新蜷缩在她那张椅子上，颤抖着，双手合十，开始轻声地带着孩子气的重音祷告：)

我们的天父……愿你的名受显扬……

幕布落下

剧终

守夜人[*]

一部黑夜剧

共九场

根据弗里德里希·维尔纳·冯·奥斯特伦的构思[①]，由热内·马利亚·里尔克执笔完成。

人物：

弗利茨
尤利乌斯　｝大学生（19—22岁）
马克斯

---

[*] 根据德文版十二卷本《里尔克作品全集》第八卷概述，此剧大约作于1896年，里尔克生前未出版。岛屿出版社的六卷本《里尔克作品全集》1961年初版未将它收入，1965年再版时才将它补入。

[①] Friedrich Werner van Oestéren，生卒年月不详，出身于布拉格低层贵族家庭，作家。通过其妹 Láska，里尔克与他相识于1896年5月的维也纳，曾支持过《菊苣》杂志，是老年里尔克在慕尼黑时的朋友圈中的一员。

玛丽
卡蒂　　｝他们的"宝贝儿"
贝尔塔
安娜，女佣
弗利茨的母亲

备注：

  弗利茨是这群朋友中年龄最小的，金发，高个子。玛丽肤色苍白，暗褐色的头发从两边垂下，有着一双深沉的孩子般的大眼睛。其他人的模样均与性格相称。尤利乌斯是短发，面容中透露出一股肆无忌惮和冷酷的气质。卡蒂是典型的朝气蓬勃、开开心心的"小女孩子"的样子，诸如此类。

  母亲是一位憔悴的老妇。她在靠背椅里的样子更多是要让人感知到，而不是眼睛见到。

  虽然舞台只是被照亮了一瞬间，而且光线昏暗，只映现出局部，但观众必须可以无比清楚地观察到每个角色的反应。灯拿进来后，整个舞台自然只是被这盏灯照亮（或用顶灯或用台前灯表现）。

  由于整部戏是一场人数众多的群戏，所以除了女佣安娜的角色，其他每个角色均负有同样责任，都是多样全面的。

场景图

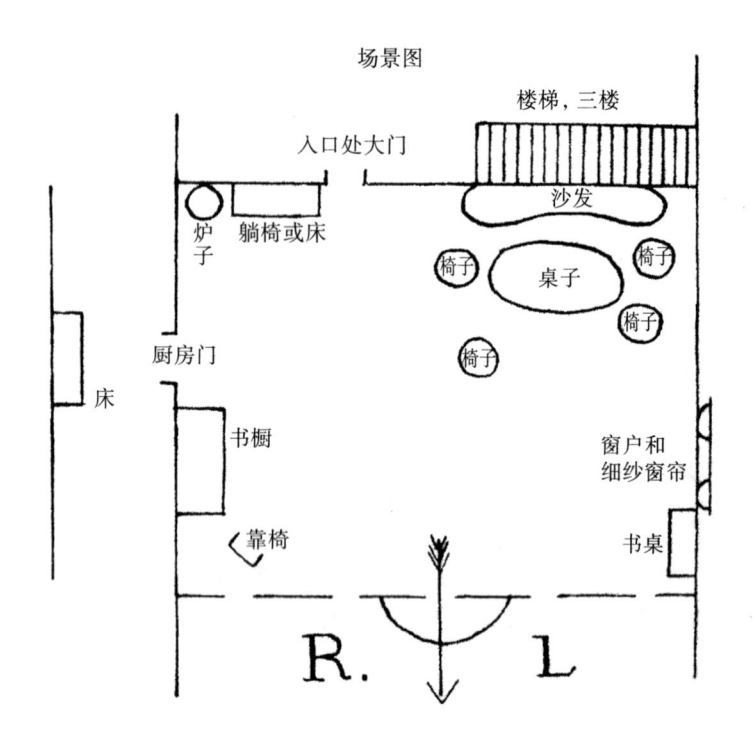

```
                          楼梯，三楼
        入口处大门
                              沙发
     炉    躺椅或床
     子                   椅子        椅子
                              桌子
                                      椅子
        厨房门                椅子
床
        书橱                          窗户和
                                      细纱窗帘
        靠椅                          书桌

              R.    L
```

  舞台呈现的是大学生弗利茨的住处，一间简单的房间。家具照理都是用得很旧的家常器物，椭圆桌，围着一圈椅子，沙发的布料是印花的，单人靠椅是最普通的式样，用曲木和苇编做成。左侧的书桌上放着烟盒、相片、书和稿子。此外，还有一架老式的帝国时代风格的书橱，用绿色的帘子半掩着。在背景处，（根据感觉而定！）摆放着躺椅或床。一个带着方直的管道的小铁炉。

  重要的是那张套着褪色绿罩布的靠椅，顶部两侧有着宽大的前突的枕靠，半背对着观众摆放。

窗前是朴素的纱帘。

两扇门都是单扇。

清洗过的地板。

墙壁贴着灰绿的壁纸,最好有条纹。墙上挂着:

沙发上方是一面镶着金框的椭圆宽镜,旁边是同样镶着金框的全家福。

其他随意。

入口大门冲着楼梯门廊。

楼梯是木质的。

灯。安娜拿来的灯是一盏简单的阅读灯,有着金字塔形状的奶白色玻璃灯罩。

———————

戏开场时,已近午夜。

舞台上的时长与实际生活时长保持一致,共约20至25分钟。

幕布缓缓升起。舞台昏暗,台前灯不开启!

台上保持一个无月的澄净的初秋之夜的亮度,让人可以辨认物体的轮廓,尤其是靠背椅。

幕布升起后,舞台空置一分钟,直至所有观众的眼睛在昏暗的空间渐渐变得适应。

这时,只听得楼下走廊有一扇沉重的门被关上了。大约过了6秒钟,听见远处传来脚步声,轻重不一;接着听见笑声和交谈声,听不清交谈的内容。声音越来越近,越来越响。听见诸如此类的呼喊:

噢哈！慢一点儿！这期间还听得见有人说：嘘！小声点儿！不断传来神经质的和窃窃的笑声。

第一场

门前：弗利茨、尤利乌斯、马克斯、玛丽（米齐）、卡蒂、贝尔塔

马克斯：嗬，这就到了？

卡蒂和贝尔塔（几乎同时说道）：老天啊，我已经喘不上气来了！你还想再往上爬吗？

尤利乌斯：嘿，赶紧开门啊，——弗利茨！

弗利茨：好，好，——我钥匙到底放哪儿了……噢，在这儿……

贝尔塔（尖声喊道）：别动！马克斯！我要摔下去啦！

尤利乌斯：别这么扯着嗓子喊！

米齐：弗利茨，你开不了门吗？

弗利茨（还在轮番试着钥匙）：天知道，是哪一把……

马克斯：贝尔塔，过来，贝尔塔！

贝尔塔（玩笑地凶他）：你别烦！

尤利乌斯（不耐烦地冲着弗利茨说）：你走开，把钥匙给我。

卡蒂：弗利茨今天是咋回事？

尤利乌斯（恶狠狠地笑着说）：开了，门根本没锁，你早就可以拧开了，我亲爱的！

（大伙儿一阵嘲笑。这又说又笑含含糊糊的一片叽叽喳喳

就这样穿过迅速打开的大门卷进了屋里。)

第二场

人物同前

弗利茨(最后一个进来):刚才门是开的?!

卡蒂:是开着的!真吓人——是不是?要是有个人偷偷溜进来,把弗利茨先生的宝贝拿走……(她笑起来。)

尤利乌斯:瞎说八道!那人肯定还会再把东西全都送回来,附带还送点什么——出于同情。

(讪笑声。马克斯和贝尔塔这时在桌椅后面追逐着玩儿,马克斯狠狠地撞到了尤利乌斯。)

尤利乌斯(转过身):看着点儿!

贝尔塔(发出她那孩子般的清脆的笑声,上气不接下气。)

马克斯(在窗户旁边逮着了她,抓她亲嘴):好哇,现在到底谁更厉害?(嘻嘻发笑。)

尤利乌斯(坐下来,用居高临下的语气):这帮小孩!

卡蒂:弗利茨真不错,我们都带了过来,谁会现在就去睡觉嘛。尤利,等着,我坐到你旁边来。

弗利茨:就是,来了就好!可老天,我能拿点什么招待你们呢?米齐,你看看在那书桌里面,是不是咱们还有一点儿莳萝酒?

马克斯:太棒咯!

弗利茨:还有一点零食。

米齐:好嘞,不过——开灯吧……

尤利乌斯（伸出胳膊）：是啊——我也觉着得开灯！

马克斯和贝尔塔（几乎异口同声地）：别……这样暗着更好！

尤利乌斯：那可不是嘛！你们这两只猫咪。

弗利茨：你找到没有，——尤利乌斯？……

尤利乌斯：等一下。（他搜寻着。）

第三场

人物同前

卡蒂（轻声说）：嘿，这是什么味道？

尤利乌斯（没听见卡蒂的话）：我确实是把打火机落在酒馆了，真他妈倒霉。你怎么也不提醒我，卡蒂？——谁有火柴？

弗利茨：书桌上没有吗？

米齐：我在找呢……没有。

卡蒂（指着马克斯和贝尔塔，对尤利乌斯说）：人家可听不见！

尤利乌斯（叫起来）：谁有火柴？——马克斯！你聋了吗？

马克斯：你要火柴？怎么不早说？——给！

（只听见火柴盒啪嗒一声跌在桌面上，其他人都伸手去摸。）

弗利茨（摸到了火柴盒）：让我来……蜡烛在哪儿？

米齐（走过来）：这儿，我帮你拿着。

（他俩站在桌子和书桌之间偏靠舞台中间的地方。）

弗利茨：哟，这里面可没几根火柴。

（弗利茨拿出一根火柴，用劲划了好几下，——只听见火柴断了。）

马克斯：好极了，这下好了……接着干。

（贝尔塔笑着。）

卡蒂：你没闻见味儿吗，尤利？

尤利乌斯：没有……这是硫黄味儿！

弗利茨（已经在划第三根火柴）：好哇，这根要再不成！

尤利乌斯（讥讽地）：真是贱胚！这时就该说：要有光。我真看不得你这个样子，这么笨手笨脚。拿来给我！

卡蒂：嘻，——你坐着别动，尤利。我要问你，这事儿是不是真的，那个贝蒂最近……

（窃窃私语着。）

贝尔塔：真的有一股味儿，你们没闻到吗？

马克斯（吸着气）：奶酪，——啊哈，我们兴许有奶酪吃喽！

（哄笑。）

弗利茨（焦躁地）：这根要是再不成……

（他猛地把火柴点着，火苗一蹿，向四面晃动了五秒钟，将屋子照得有一点微亮。米齐把蜡烛凑过来，灯芯靠得太急，火苗一下子灭了。弗利茨跺着脚）：这是最后一根火柴了！

第四场

人物同前

尤利乌斯：你干得好啊。

米齐：你太急了，……弗利茨……

弗利茨(生硬地)：嗳——别烦我。

马克斯(开始唱起来)：我坐在这深深的牢房……

　　　(哄笑。)

米齐(轻声说)：嘻，弗利茨，跟我说你这又是怎么了？

弗利茨：哎呀……

米齐：瞧你……

弗利茨：没事。

米齐：从前天开始……

尤利乌斯：你们咋的了？

卡蒂：又拌嘴了？

米齐(真心实意地)：我只是叫他告诉我他怎么了。他就又这样了……

卡蒂：开头他打不开门，然后又连蜡烛都点不上。

马克斯：这有点像那种地的一家人的故事，这家人谁都吹不灭蜡烛，因为他们每个人的嘴都是歪的！——
　　　要不要我把这个故事讲给你们听听？

尤利乌斯(同情地)：得了，——别烦他了。

贝尔塔：讲给我听听，行不？

马克斯：什么，你没听过这个故事？(他笑着)好吧，那个种地的，先走过来，然后这样……噗！

　　　(笑声，窃窃私语。)

尤利乌斯(对弗利茨说)：别和女孩子过不去，爽快说出来，弗利茨！
　　　咱是这样说好了的。

米齐：快告诉我！

弗利茨：你们又不是不知道。

尤利乌斯：啥事啊？

卡蒂（从沙发上朝这边说道）：你们别缠着他了！

米齐：是因为你妈妈的事——对不对？

弗利茨：她前天就应该到的。肯定是出什么事了！

米齐：原来如此——真是的……

尤利乌斯：老天，真是个胆小鬼！一天到晚总会觉得肯定出了什么事！

弗利茨：她年纪大了——这一路……

米齐：这一路四个小时！

尤利乌斯（不耐烦地叹口气，回到桌边）：卡蒂，来，和我讲讲话吧！——（他俩小声说话。）

弗利茨：她身体也不是那么好——最近一段时间……

米齐：你别担心了，她肯定会好好的，弗利茨！

（她搂着他，他俩亲起嘴来。）

第五场

人物同前，以及安娜的声音

弗利茨：你说得对，米齐！（精神一振。）

（贝尔塔一直坐在马克斯的怀里，现在，她蹦了起来，笑得止不住。）

弗利茨（走过去）：小声点！你们这些家伙！我去厨房拿点火柴，把灯点起来——然后米齐把酒拿过来——好不好？——咱们开心开心。

尤利乌斯:好呀——你总算正常了！ Frederius[①]。

卡蒂(和马克斯、贝尔塔几乎异口同声地说):好极了！

马克斯:太棒了！

贝尔塔:太棒了！

　　　(尤利乌斯转身向厨房门走去。)

米齐:嘿，——你找不到的,你不知道东西都搁在哪儿,让我去拿！

弗利茨:好吧,你去,米齐……唷……看你说的,外面还有个丫头呢,咱们可以奢侈一把。

米齐:把她叫醒?——

弗利茨:对,宝贝儿。她不会有事的,反正她今天把大门都开着:必须吃罚！

　　　(他高喊起来):安娜！

卡蒂:这下好,他把整座房子的人都喊醒了。

尤利乌斯:没动静。

马克斯:咱们帮一把?

卡蒂:起步走！

弗利茨:来,赶紧的,一……

　　　(格格笑声。)二……

贝尔塔(击掌。)

弗利茨、马克斯、尤利乌斯、卡蒂、贝尔塔(同时喊道):……三……

所有人:安——娜！

　　　(嗤嗤笑声。过了三秒钟。)

———————

① 弗利茨是弗里德里希的昵称,这里尤利乌斯故意开玩笑地将弗里德里希这个名字拉丁化。

马克斯：别作声！

　　（所有人都仔细听着。）

安娜（在厨房里，伸着懒腰，只听见床板咯吱咯吱响，有人很快地动了一下，含含糊糊地打了个长长的哈欠，蹦出几个听不清楚的字眼……然后答道）：什么事?!

马克斯：她倒是架子大得很！

尤利乌斯：我倒是想瞧瞧你要是被人这样喊醒会怎么样！

卡蒂（忘乎所以地）：着火了！

贝尔塔：着火了！

马克斯（激情洋溢地，可以感到他是指着自己的心喊着）：这儿！

　　（弗利茨和米齐站在厨房门口。）

弗利茨（把门推开一条缝）：点灯，安娜；把灯拿来，快点儿!! ——听见没有？

　　（安娜模糊不清地嘟囔着。）

米齐：您听见没有，安娜？

安娜（依旧困倦地）：来啦……

　　（只听见哈欠声，床板的咯吱声。）

　　（弗利茨把门关上。）

第六场

人物同前

贝尔塔（战战兢兢地）：要点灯了？

马克斯：你怎么一下子怕得这样。

贝尔塔:我不晓得,我就是觉得……

  (马克斯笑起来。)

弗利茨(对其他人说):灯马上就拿来。(对米齐说)好了,丫头,现在把酒瓶打开。——你也爱喝这家伙——对不?瞧,我就知道我的小猫咪喜欢什么。

尤利乌斯:你疯了,卡蒂。

卡蒂:仔细你的嘴!

尤利乌斯:瞎说。——谁鼻子好?

弗利茨(笑了):怎么?(他和米齐走到桌前。)

卡蒂:闻起来——就像……

尤利乌斯(指着卡蒂):她今天一直说闻到什么味道,天知道是什么。

卡蒂:……好像什么烧焦了。

贝尔塔(突然也插嘴说):是啊,——或者好像——什么烂掉了。

弗利茨(对米齐说):你有没有闻见什么,宝贝儿?

  (米齐朝中间走了几步——其他人窃窃私语。)

弗利茨:有吗?

米齐:薰衣草。

  (弗利茨也开始嗅起来。)

米齐:也不是,——又不像……

弗利茨:对,是有点像薰衣草。——我又想起妈妈了,她好喜欢薰衣草……

米齐(转移话题):不是的,弗利茨。这是你的想象。薰衣草闻起来不一样。等着吧,弗利茨,你妈妈她明天一准到,你就知道薰衣草闻起来的味道了……

  (只听得桌边传来一阵猛烈的讪笑声。)

尤利乌斯(喊着):弗利茨!

卡蒂:弗利茨!

  (弗利茨和米齐走过去。)

卡蒂(咪咪笑着说):你们俩错过了一场好戏!瞧那边的两位……(指着马克斯和贝尔塔,一边偷偷乐着。)

尤利乌斯:噢,青春的甜蜜的愚蠢……

  在我身上早已不再……

卡蒂(感到不自在地):瞎说——瞎说!

马克斯:咱们做啥,不关你们的事。你们也可以——乱来——我可没意见。

贝尔塔(气呼呼地):就是!

卡蒂:哼——瞧瞧那个贝尔塔,虔诚的倒霉孩子。

尤利乌斯:最讨厌就是这样的!

  (这时,米齐从书桌最下层的抽屉里取出一个棕绿色酒瓶和三个式样不同的酒杯,她没用底盘,直接用手把这些杯具端到桌子上。)

第七场

人物同前

米齐:可咱们只有三只杯子。

尤利乌斯:Tant mieux[①]!

卡蒂:我说你们别犯傻了。咱们可以共用一个杯子喝。

---

① 法语,意为"这样更好"。

弗利茨（斟酒）：这样看起来刚够。

马克斯：你估得可不准。

弗利茨：来把它舔舔干净！

贝尔塔（格格笑着）：我不，弗利茨！　｝（弗利茨和贝尔塔同时说。）

马克斯（热情洋溢地）：小心别洒了这杯琼浆玉液！

尤利乌斯：你这个滑稽演员！

卡蒂：他是想去演戏的！对不对，马克斯先生，您原先是想去演戏的？

马克斯：没错，没错。

尤利乌斯：你本来是可以大有作为的。知道你本来可以演什么吗？《强盗》里的塔楼，花园那场戏。

　　　（格格的笑声。）

马克斯：笑吧，笑吧。要是我父母当年同意了的话……

弗利茨：我注意到：你们俩互相还用您相称呢，你，马克斯，还有卡蒂？！

卡蒂：是呀——马克斯先生他……

弗利茨：你们得用你互相称呼。来喝个交杯酒。①

马克斯：好嘞！就用莳萝酒吗？那么就来一个莳萝-土耳其交杯酒。

卡蒂：那您就是土耳其人，马克斯先生！

　　　（格格的笑声。）

贝尔塔：不，——马克斯，不要，绝对不可以——我会喝醉的！

马克斯：就一滴。

贝尔塔：我马上就会醉。

---

① 喝完这口酒后，彼此改用"你"相称。

马克斯：那我背你回家。

贝尔塔：不行——天知道……

尤利乌斯：到底是谁总是立马就想到最坏的结果！

弗利茨（指着卡蒂和马克斯）：你们俩先喝。

  （卡蒂和马克斯喝交杯酒。）

马克斯：干了！

卡蒂：干了！

马克斯：姆纳？！

卡蒂：怎么？

马克斯：亲一个？！

贝尔塔（发脾气，责怪道）：马克斯！

尤利乌斯：啊哈！妻管严！

卡蒂：你本来是得不到我的吻的，马克斯，不过，既然这只小猫生气了，——来！——

  （卡蒂和马克斯响亮地亲了个嘴。）

第八场

人物同前，以及安娜

（大声嬉闹持续大约15至20秒。马克斯献过殷勤后，贝尔塔终于也加入进来。）

马克斯（突然说道）：不对啊，真是有一股子……（神情严肃起来。）

  （嬉笑声。）

马克斯（还是一副严肃的神情）：安静——闻呀！

（他的话听上去严肃而强有力，大家安静下来，只听见屋里有一只钟在滴答作响，从外面钟楼传来几声沉闷的钟声。安静持续了五秒钟，然后，卡蒂开始轻轻地嗤嗤发笑，于是大家伙儿都憋不住了，一阵疯狂的大叫大笑。）

尤利乌斯：又是一句精彩的台词！

卡蒂（笑得差点透不过气来）：安静——闻呀！

（又是一阵嬉笑。）

尤利乌斯：太傻帽了！

弗利茨：他可奉献给了艺术。

米齐：万岁！

弗利茨（开始唱起来）：祝他万寿无疆……

所有人：祝他万寿无疆，祝他万寿无疆，三呼——万岁！

（大笑声，碰杯声，一片混乱。）

（这时，厨房门吱呀呀地开了。安娜，一个头发淡黄、膀大腰圆的女佣穿着睡衣光着脚，拖着步子走上前来，她把灯略往左边举着，怒气冲冲的眼睛怕光地眨巴着。一片嬉闹声中，她根本不管不顾地径直走到桌前。尤利乌斯往卡蒂身边挪了一下，安娜把灯放下。）

马克斯（笑着喊道）：你睡醒了没有？

（大伙儿都被灯光照得睁不开眼——还笑个不停。安娜转身迈着疲倦的步子走向门口，突然，她停住了，浑身颤抖，伸出右胳膊指着靠背椅。）

安娜：耶稣马利亚约瑟夫！那是——谁呀！

（她走近一步，将双手捂住脸，噱了一声）是死人！

（安娜一喊出声，弗利茨、米齐和尤利乌斯便从桌边蹦了起来。现在,所有人都不作声了。只听见卡蒂最后也渐渐止住了笑声。所有人被光亮刺痛的眼睛都跟随着那只伸出的手臂,所有人的脸上都明显带着惊恐,不知发生了什么事。)

第九场

人物同前,安娜

(贝尔塔将脸藏在直哆嗦的马克斯的胸前,卡蒂躲在了尤利乌斯身后,米齐害怕地满是疑惑地望向弗利茨。弗利茨的脸扭曲着,血色顿失。他瞪着亮晶晶的充血的双眼,伸着脖子,呆呆地望着靠背椅出神〈4秒钟〉,然后,他想朝前走,踉跄了一下,他左手抓住脖子,右手前后左右地乱挥着,喘着粗气,发不出声音来……)

弗利茨:妈妈!

(他几乎要晕过去,企图用右手撑住桌子,却把灯碰翻在地,灯很快便灭了。)

(一片很深的黑暗。只听见有人重重倒下。)

幕布缓缓落下

好妈妈[*]

戏剧

地点：

中等大小的德国住家，埃尔茨博士的起居室，整洁而有几分小市民气。

时间：

当代，圣诞节前，傍晚六点至九点之间

人物：

埃尔茨博士，私企职员，32 岁

海伦娜，他的太太，26 岁

玛塔，海伦娜的妹妹，18 岁

丽娜，女佣

---

[*] 根据德文版十二卷本《里尔克作品全集》第八卷注释，大约于 1896 年 12 月至 1897 年 2 月作于慕尼黑，1898 年 1 月初次发表在柏林的《新文学和艺术》月刊第四期上。可能是其已佚失的三组剧《母亲》的一个部分。

备注：

埃尔茨博士的起居室给人一种小市民气的印象，样样东西都拘泥刻板。沙发和书橱的样式是老式的，窗台旁边的梳妆台很摩登。靠背椅都被自家缝纫的布垫子弄得黯然失色，一架隔板立在瓷砖壁炉前。花瓶里以及镜子后面都插着积了灰的纸花。单调的墙面上挂着几帧骑猎图旧版画。

用完咖啡，海伦娜把客人送出起居室，一面还朝着门外致意，玛塔在她身后行着屈膝礼。与其他家具配套的椭圆形桌上摆着切开的糕点、咖啡杯、咖啡壶和宽腹窄口的玻璃瓶，乱得很。一盏纸灯罩的挂灯悬在桌子上方。

海伦娜（站在起居室门口冲着点着煤气灯的前厅喊）：说好了，所长夫人，五点见！五点！再会。——丽娜，给女士们开灯引路。

玛塔（又在后面憨态可掬地行了几个屈膝礼，舒出一口气）：啊，感谢上帝！

（海伦娜把起居室的房门和大门都关好。）

玛塔：所长夫人还要干嘛？

海伦娜：给孤儿们送圣诞礼。

玛塔（有些吃惊）：是这样，你也去吗？

海伦娜（开始收拾桌子）：对。（停顿下来。）

玛塔（疾步过来）：等着，我来帮你。

海伦娜（冲着灯举着一张碟子）：又裂了一道。看，你瞧啊——这儿（用小指头比划着那道裂纹）。这是套件当中的，——现在根本没处去配。这些人拿什么都不当回事儿！

玛塔:让我来吧。难道你结婚都这样久了吗,连和当年同样花色的瓷器都买不到了?(她双手端着一些杯盘,站着不知把它们往哪儿搁。)

海伦娜:搁到那边去。(她指了指梳妆台。)丽娜会来收拾的。(她清理着桌布上的糕点碎屑。)

玛塔(三步并两步地来到梳妆台前,放下杯盘,把手背抵住腮帮子,在镜前站了一会儿):我好热!(猛地转过身来。)瞧,我脸都红了。

海伦娜(并没有看她):唔——喝咖啡喝的。

玛塔(又转身面向镜子,打量着自己):是嘛?——好吧,学校里的咖啡可没这么厉害。这咖啡可真够劲儿,晚安!(她转过身,把双臂展开,眼睛闪闪亮。——好像梦呓那样)好自由呀!(欢呼着)好自由啊!

海伦娜(没有注意):来,帮我把桌布叠起来。

玛塔(又六神无主地站了一会儿,然后放下双臂):好嘞!(她俩一道把桌布叠好。)

海伦娜:等等,这没对着原先的印子。(她俩又重新再叠一遍。)

玛塔:好,这样。——唔!(打量着桌布边缘的刺绣。)绣得真好啊!我也动手绣了这么一块……

(海伦娜把桌布摊开,玛塔还在灯下打量着绣样图案。)

玛塔:当然啦,我还没绣完。——矢车菊——嘿:——这可需要耐心哦。你自己绣的?——

海伦娜(环视着房间,看看是否都收拾整齐了——只是搭着腔):是啊——很早以前了。在家的时候。(她坐下来。)爸爸生病的那些天。

玛塔:原来是那时候。我问你,那时候究竟为啥你不让我过来?

海伦娜：老天啊，那时真叫人伤心。他从来没生过病，不愿意躺在床上。他那时脾气可大了。（叹了口气。）唉，——那些天真是叫人伤心。（停顿。）

玛塔：我那时不在家，在寄宿客栈。

海伦娜（点点头）：你想开一些吧。

玛塔：不，我怎样也宁愿和你们在一起，我本来可以帮你，我……

海伦娜（疲倦地）：你是帮不了什么忙的，孩子。——（停顿。）你不想坐下来吗？

玛塔（在桌旁坐下）：快四年了吧？

海伦娜：是啊。——你不做女红吗，玛塔？

玛塔：不做。

海伦娜：不过你其实应该……

玛塔（放松了一些）：上帝，这太无聊了。再说，你可不准数落我，——真的，姐姐，你瞧，其实就是怨你，我才不再刺绣的。

海伦娜：谁？

玛塔：你啊，就是你，你听我说。当初你出嫁的时候，我打算给你绣一件的，好东西，知道是什么吗？（她在屋内左右瞅瞅，好像要看看没人在偷听，然后俯身越过桌子悄悄说道）一条婴儿背带。为了这个，我可总是干到深夜啊，我们那位高个子英国女人都把我当作榜样啦，你想想——把我当作榜样。我苦干了好几个月。可接着就……（迟疑着）上帝啊，我心想，你一时还用不上它……于是就把它完全搁下了。他们也把我取笑了个够——那些人……

（海伦娜神经质地扯着桌布。）

玛塔（没想那么多）：那真是好遗憾。你晓得吗，我很乐意当一当阿姨的呢。——我太喜欢小孩子了。特别是在圣诞树下,特别是女孩子,女孩子总是比男孩子头发长得快——是吧?女孩子总要真心得多。你呢,——你更想要个男孩?

海伦娜(好像累坏了那样用手撑着脑袋,冷淡地):唔,唔……

玛塔(惊讶地):你头疼吗?

　　(海伦娜慢慢点点头。)

玛塔:你呀,就这样东家长西家短地闲扯了这么久,头疼一点也不奇怪,过一会儿我也得头疼。我真服了!你这里每个礼拜二都来这么一场老太太聚会?

海伦娜:有时候一礼拜两次呢。

玛塔:啊!(作恶心状)[1]那个少校夫人,大热的天,她还总像只火鸡一样饶舌,那个所长夫人,总是那么一本正经……呃,——这些会让你特别开心吗?

海伦娜:我每回都吃不消,但就是这样……

玛塔:你啊——可怜见的……

海伦娜(迅疾地打断她):哎哟,我得做点花儿。去,——把那边的盒子给我拿来。(指着窗台下的小桌子。)

玛塔:做花儿?可不是,都是白做的,哼,对你的惩罚!

　　(海伦娜微笑着又指了指窗前的小桌子。)

玛塔:你还是歇一会儿吧!——如果你头还疼的话。

海伦娜:嘻——头已经不疼了。

玛塔(拿着盒子):不听劝……(递给她)你现在又要做什么花儿?

海伦娜:玫瑰。你给我打下手吧?

玛塔:我干这些可是很笨手笨脚的。而且,我不喜欢假花。——弗

---

[1] 括号内为译者加注,原文 Brrr,是表示恶心、厌恶时的一种发声。

兰克到底躲哪儿去了?

海伦娜(卷着玫瑰花瓣):他呀——不敢——这就——回来;他不知道——这些女士——要待多久。

玛塔(开心地):原来如此啊!对不住了,下礼拜二我也要这样躲开,真是太吓人了,我情愿上十节英文课。(她站起身来,轻快地走来走去,哼着歌。)你们这里真是很惬意,我一直心想的就是这样子。舒舒服服,清清净净的,特别是晚上。你们俩自个儿待着的时候,——肯定迷死人吧。我可以想象那有多甜蜜……你们都会做些什么呢?

海伦娜(打量着一支快成型的玫瑰):你这个孩子,——弗兰克看他的……

玛塔:他读给你听?

海伦娜:不是,他看报纸。(重新又起劲地摆弄玫瑰)我对报纸不感兴趣。

玛塔:我相信。那你做什么呢?

海伦娜(好像伤心地):做花儿。

玛塔(失望地):花儿,——是这样?——

海伦娜(将一朵快完成的花儿举给她看):漂不漂亮?

玛塔(应付道):还行吧。但你拿这么多花儿做什么用?

海伦娜:花瓶里那些总是很快就积灰了,镜子旁边的也是。我总要做新的。

玛塔(来回踱着步,过了一会儿,带着一股莫名其妙的好奇问道):海伦娜,告诉我,你们去看戏的时候,你穿什么衣服?

海伦娜:我们从来不去……

玛塔:什么?!

海伦娜：弗兰克不喜欢看戏。

玛塔：那你呢？

海伦娜：我从来想不到去看戏，我会头疼的。

玛塔：从来不去——真的吗？上帝啊，我记得你以前那么喜欢去看戏啊，那时我总是羡慕你，还有那好多的舞会，你第二天总是神采飞扬的。我还记得，有一次，对了，是在那场盛大的卫戍军舞会结束后，你凌晨四点钟回到家来。那天你穿着浅蓝色裙子，你记得不，那时你压根就不累，八点你就又和我一道溜冰去了……

海伦娜：你怎么什么都记得！

玛塔：你们在狂欢节总要去跳舞的吧？

海伦娜：不——不去——我是已婚妇女……

玛塔：妙极了！你说得好！这真可以叫人再没有兴趣结婚了。婚姻就这样可怕吗？

海伦娜：上帝啊，孩子，现在的烦恼是不一样的。

玛塔：你有——烦恼？（停顿。）这我可难以想象啊。弗兰克那时爱你爱得没有边儿，如果有人也那样爱我，漂亮马车、看戏、奶油巧克力，这我样样都得有啊。你也得向他要这些啊。不会吧，这个弗兰克！——想起他当时爱得怎样如痴如醉的，我还总要发笑。那时太搞笑了。——弗兰克还是不是那样呢？

弗兰克（走进来）：弗兰克怎么了？

　　　　（玛塔惊叫一声，笑得收不住。）

弗兰克（走向海伦娜，惯常地轻轻地亲吻她的额头）：她怎么回事？

海伦娜：你晓得的，发痴了。

弗兰克（走向玛塔）：晚上好啊，小疯丫头。（向她伸出双手，她握住他的手)弗兰克到底怎么了?

（玛塔格格笑着。）

弗兰克：接着说，接着说嘛，——别不好意思。

玛塔（侧脸问海伦娜）：我能说吗？

海伦娜（半嗔道）：玛塔!

玛塔（悄声说道）：我是在问海伦娜——你是不是还那样傻傻地爱着她。

弗兰克（放开她的手，微笑着威胁道）：你瞎说什么!

玛塔：上帝啊，别这副样子，弗兰克，我要害怕的。——

弗兰克：你们到底都干啥了？

海伦娜：太太们来过了……

玛塔：很糟……

弗兰克：哼，你很喜欢她们啊？想不想哪天也变成一个所长太太或者镇长夫人，呃？

玛塔：哦，我的天啊！我宁愿在你们这儿做个干瘦的老处女，补补旧衣服，过我的舒服日子。

弗兰克：真是前程远大，对不对，海伦娜？

玛塔（挽着弗兰克）：告诉你吧，我已经说了：下礼拜二我和你一道开溜。

弗兰克：是嘛——乖的。

海伦娜：你们到底去哪儿？

弗兰克：去哪儿？唔……

玛塔：逛街啦，看橱窗啦，耍耍嘴皮子啦。

弗兰克：去点心店。

玛塔：好呃！咱们心有灵犀。

好妈妈

弗兰克：就会说好听的。

玛塔(好像对海伦娜生闷气地那样)：让她看看，啥时和那帮老婆子了断……

海伦娜：闭嘴！

弗兰克(被逗乐了，在沙发上坐下)：我也这么说。(对海伦娜说)你真是勤快啊，真勤快，可总就是折些恶心的纸花。

玛塔：哈哈，你看，弗兰克也不喜欢它们。

海伦娜(放下一支玫瑰，将盒子推开。停顿。)：你从单位来？

弗兰克(疲倦地)：对——直接回来的，没绕道。

玛塔：和咱们说说新闻吧。(她坐下来。)

弗兰克：好吧，我知道的可不多。大街上都是人，都在扮童子基督。

玛塔：童子基督已经给我带了礼物。

海伦娜：什么时候？

弗兰克：有这样赶早的童子基督吗？

玛塔：正是呢，咱们学校的女校董派发的，你们可注意听好了，呃——海伦娜你知道是什么吗？

海伦娜：我听着呢，孩子，我真不知道……

玛塔：是诗歌。

海伦娜(微笑着)：《棕榈叶》[①]？

玛塔：还要更次！弗里达·尚茨的诗——苜蓿草，连棕榈叶都算不上。[②]

[①] 根据德文版十二卷本《里尔克作品全集》第八卷注释，指当时的流行诗人卡尔·格罗克(Karl Gerok, 1815—1890)的诗集。

[②] 根据德文版十二卷本《里尔克作品全集》第八卷注释，指当时的流行女诗人弗里达·尚茨(Frida Schanz, 1859—1944)的诗集《四叶苜蓿》。苜蓿草一般有三片叶子，传说四叶苜蓿能给人带来幸福。

弗兰克：哎哟！

海伦娜（问弗兰克）：你读过这些诗吗？

弗兰克：没有，但我可以想象会是什么样。

玛塔：哦，我们学校人人都很喜欢弗里达·尚茨的诗。

弗兰克：是嘛，——那么你呢？

玛塔（俏皮地）：我？我可和她们不一样。你们看，连咱们的文学教授我都不迷哩。

海伦娜（抬眼看她）：真的吗？

玛塔（情绪激昂地）：用我的名誉保证！他的手那样白，那样细长——上帝——他的眼睛好蓝啊。我觉得红鼻头的男仆更可爱些，我的口味就是这样，每次他替我系紧溜冰鞋，我总给他小费……（突然想起来）对了，我想起来了，弗兰克，你有没有帮我们买冰雪节的门票？……

弗兰克：我？没有。

玛塔：你们根本不晓得这回事，我可期待了好久呢，你们去不去？

海伦娜（回避地）：弗兰克愿意的话，可以同你一道去。

弗兰克：要是我的工作……

玛塔（快哭了）：你们就这样啊，你有你的班要上，她就总守在炉子后面。是你们请我来做客的！我想象你们这儿可完全不是这样的。你们变成两个大俗人了，你们俩。真让人难受。

海伦娜（吃惊地）：玛塔……（有人敲门。）

玛塔（扭过身，赌气地）：可不是这样嘛。

丽娜（冲着里屋喊道）：送圣诞树的来了。

玛塔：圣诞树？乌拉！（冲向海伦娜，拥抱她。）圣诞树，好姐姐，不许看，是童子基督来了……（她笑着偎依着海伦娜。）

海伦娜（被她感染了）：你这个可爱的疯丫头。

玛塔（脱开身）：我可得马上看看它，——把它就放在你房间好吗？一会儿我们去收拾收拾它，你这个坏脾气的老弗兰克。（她在他肩头捶了一下，哼着歌儿蹦蹦跳跳地从中门离开。）

弗兰克（站起身，望着她离开，慢慢点了一支烟，来回踱着步，越来越急促，最后，他神情烦躁地站在海伦娜跟前）：海伦娜，告诉我，你不舒服吗？

海伦娜（双手合拢，搁在腿上）：没有不舒服。

弗兰克：你脸上可没血色。

海伦娜：我只是累了。

（弗兰克转过身去，又来来回回地踱着步。停顿。）

海伦娜（迟疑地）：你可以和玛塔出去转转。

弗兰克（站住）：亲爱的海伦娜，你坦白告诉我，咱们为啥要一直这样死气沉沉的？

海伦娜（非常吃惊地）：你这话什么意思？

弗兰克：真是可怕，这四面墙里面的一成不变的单调日子，人都要变傻了，真是病态。必得有比我们健康的人从外面来，我们才知道自己有多迟钝多萎靡……

海伦娜：你从来都没有愿望要……（她站起来。）

弗兰克：愿望，愿望！亲爱的海伦娜，我说这话你别生气，可这并不需要我的愿望才行。——我们当然是要和玛塔去参加冰雪节，我们还要……

海伦娜：你那班上不是有太多活儿要干吗？

弗兰克：总得有个头儿，我都快两年没有休过假了，我想着怎么也得歇歇了。（窝火地）叫他们尝尝没有我的滋味……

（海伦娜慢慢地走到后头去。）

玛塔(从右边上)：太棒了，好高，好匀称！(拍着手。)上面可以挂好多漂亮玩意儿……过圣诞咯！

弗兰克(欣赏地打量着她)：咱们接着还要去冰雪节。

玛塔：乌拉！太棒了。(她拥抱海伦娜，海伦娜却从拥抱中挣脱出来。)

海伦娜(毫无表情地说)：我不去，弗兰克和你去。

弗兰克(恼火地)：海伦娜。(对玛塔说)别理她——她会再想想的。现在嘛，漂亮的小妹，暂且全权由我为你服务。冰雪节、博物馆、舞会、看戏，我是你忠实的护花使者。(鞠躬。)

玛塔(摆出一副滑稽的威严，把手伸给他，让他行吻手礼。衷心地说)：我喜欢这样。(海伦娜举棋不定地轻轻走到前面来，坐在桌子右侧的椅子上，玛塔对海伦娜说)你把他调教得很好……

海伦娜(带几分讽刺地)：我？

玛塔：这样有风度。

弗兰克(开心起来)：我以前不是一向如此吗？

玛塔：是啊，对海伦娜是……

弗兰克：对别人不是吗？

玛塔：对别人？要不要我讲个故事给你听啊？

弗兰克：我很想听呢。

（玛塔示意他坐下，弗兰克半坐在沙发靠背上。）

（海伦娜把装花的盒子放在膝上，一个劲儿地摆弄整理着。）

玛塔(站在弗兰克跟前，淘气的样子，手背在背后，一边说着话，时而逗乐地一前一后地迈着舞步)：话说从前有个傻傻的金发小姑娘，她有个姐姐，姐姐有个爱她爱得要死的新郎官。他们要结婚了，让人把傻傻的金发小姑娘从寄宿学校接回来。小姑娘平生头一回穿得像个淑女,女朋友们和她告别时都说:"你等着吧,现在你有姐夫啦。"而且还是个英俊的姐夫,小姑娘想着。

弗兰克:谢谢夸奖!

玛塔:嘘,你知道个啥!——朋友们还说了:"嘿,当心点,姐夫可要亲亲你的。"——小姑娘就发誓了:"绝不会的。""你等着瞧好了。"小姑娘暗想着姐夫要来亲自己,感到害怕极了,她想自己会大喊大叫地跑开。这是一种大得不得了的害怕。然后,到了那天。姐夫和小姑娘喝交杯酒,小姑娘怕得要命,手抖得厉害,把酒都洒在自己最漂亮的裙子上了。而那个姐夫呢?你以为他果真亲了小姑娘吗?没有的事。他和傻愣愣的小姑娘握了握手,真是笨手笨脚的——然后,就去找他的(冲着好像一直在忙个不停的海伦娜鞠了一个躬)新娘子去也。

海伦娜(勉强挤出微笑):那个小姑娘呢?

玛塔:那个傻姑娘因为没得到那个亲吻,臊得要死。她甚至扯了谎,学校的女友们问她:"亲了吗?"——她臊得连耳朵都红了,又羞又怕,对她们说:"哦,当然亲了。"

弗兰克(急忙说):知道我怎么想的吗?那个傻傻的小姑娘现在变得聪明了,姐夫也变聪明了,他要补上……(他跳起来抓住玛塔,玛塔大叫一声挣脱开,格格笑着穿过房间逃跑。)

弗兰克(追着她不放):大得不得了的害怕,现在还有不?(他们在房间里追来追去。)

海伦娜(把纸花盒子放回去,她带着淡淡的微笑,看了他们俩一会儿,然后变得相当严肃起来,用很难听的粗哑的声音厉声喝道):弗兰克!

玛塔(躲避着弗兰克):别闹了!这么瞎闹不行。(在海伦娜身边跪下)我们听话。(气喘吁吁地)是不是,弗兰克?现在咱干嘛去,晓得不?打扮圣诞树去。

弗兰克(兴奋不已,开心地笑着):太好了,来,来吧!

玛塔(跳起来,拍着巴掌):打扮圣诞树咯。

海伦娜(摇着脑袋):一帮孩子!

玛塔(又俯身冲着海伦娜):你生气啦?我们就是特没礼貌的小孩子,你就是那个聪明的、聪明的好妈妈,对不对?——别生气,好妈妈,孩子们重新又乖乖的咯。

弗兰克(大笑着):可不是嘛!

玛塔(亲了海伦娜的额头一下):你过来看我们弄圣诞树,好不?(她挽着弗兰克的胳膊,偎在他身上,弗兰克满面春风地望着她。)

玛塔:我们会叫你过来的。(两人笑从左边下场。)

(海伦娜好像僵住了并且变老了一样坐在位子上,她留心听着里面的动静。)

(停顿。)

(只听见里面人喊。)

玛塔(不时格格笑几声地喊道):好妈妈!

(停顿。)

弗兰克(用男低音忘乎所以地喊道):好妈妈!

(海伦娜用心听着,仿佛被击伤一样猛然抽搐了一下。她把手蒙在脸上,嚎啕大哭起来。)

幕布落下

高处空气[*]

独幕剧

献辞：

许多人必须吃力向上
登临与世疏离的窄径，
在微笑的恩典中，那属神的
早早穿越熊熊燃烧的自由之门。

致玛蒂尔德·诺拉·古德斯蒂克

出场人物：

安娜，女裁缝　　　　　　　29 岁

---

[*] 根据德文版十二卷本《里尔克作品全集》第八卷注释，该剧大约作于 1897 年春，1897 年 4 月 25 日，里尔克将手稿寄给玛蒂尔德·诺拉·古德斯蒂克，生前未出版。此剧作首次出版是由岛屿出版社的德文六卷本《里尔克作品全集》(1961 年)收录。

托尼，她的儿子	6 岁
女佣	50 岁
马克斯·斯塔克，退役军官	26 岁

备注：

　　各个角色性格分明。安娜，无论性情还是衣着都朴实无华，形容举止无不透露出她已战胜挫折：眼神平静清澈，白皙的双手无欲无求。马克斯·斯塔克，并不只是赶时髦，而是讲求精致的摩登，金发，两撇尖尖的小胡子，或许戴着夹鼻眼镜，把口头禅"那么"说得极快。托尼大概六到八岁，没有被教成木呆呆的样子，相当真诚，是个金发的小调皮。——

　　其余听凭明智的导演处理。——

热内·马利亚·里尔克

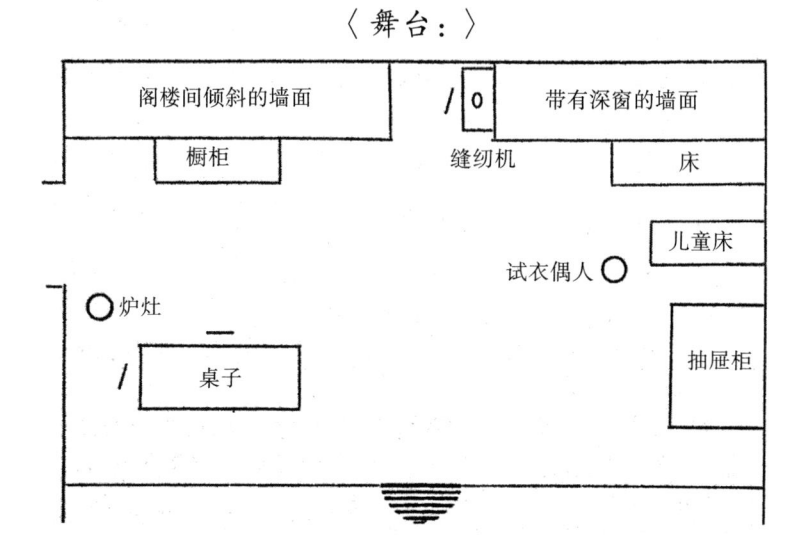

〈舞台：〉

```
┌──────────────────────────┬──┬──────────────────────┐
│   阁楼间倾斜的墙面        │/ O│   带有深窗的墙面      │
│   ┌──────┐               │   │                      │
│   │ 橱柜 │               │ 缝纫机  ┌────┐           │
│   └──────┘               │         │ 床 │           │
│                          │         └────┘           │
│                          │              ┌──────┐    │
│                          │              │儿童床│    │
│                          │  试衣偶人 O  └──────┘    │
│  O 炉灶                  │              ┌──────┐    │
│  /┌──────┐               │              │抽屉柜│    │
│   │ 桌子 │               │              │      │    │
│   └──────┘               │              └──────┘    │
└──────────────────────────┴──────────────────────────┘
```

剧情发生地点：

德国小城，一间朴素的阁楼间。

时间：

当代，圣诞节前，中午。

备注：

朴素的阁楼间清洁舒适，深窗的小窗玻璃用白色窗帘遮挡着，地板清扫得很干净。在阁楼凸出的一角放着一台缝纫机。床上铺着老粗布印花床单，一旁的儿童床的绿色护板打开着，尤其漂亮。抽屉柜上摆放着各式各样的小玩意儿，并且有一些书。橱柜上搁着几个大瓦楞纸箱。桌上是用过饭的样子，老用人正准备收拾。桌边有一张黑漆皮的靠背椅和两张日常的木椅。

女佣（在收拾桌子，安娜坐在阁楼的凸角处，踩着缝纫机干活。）

女佣：安娜小姐，您吃得太少，您胃口活像只小麻雀。

安娜：包默太太，您给的量可真大。

女佣（好心地）：我就是想着，小孩子嘛，长身体哩。

安娜：他吃得可不少。早饭——您晓得的——托尼有一大块黄油面包吃。等他放学回来，便饿得等不及要开饭。

女佣：可不是嘛！您要是看见我那个佩皮小时候的样子才好哩！瞪着眼啊呜一口就把一整碗饭都咽下去了……上帝，他现在也已经当差了，在银行的差事。跟您说，是在首府的大银行哩。在那儿过得不错——不错。也是一份得让人信得过的差事，想想看他经手的那些个钱：好几千，上百万。——这叫人有得忙的。每天忙到天黑，有时下了班还不能走，嘻。——现在总算是要回来和我们过圣诞了，总得留点时间给老娘啊——……

安娜（停下手里的活儿）：是啊，——您会有个快乐的圣诞节的。您可别忘了小圣诞树，包默太太。

女佣：给托尼的！怎么会忘呢！不会的，不会的。小姐，您说这个可就不了解我了。我跟您说，这个托尼啊，我们大家伙儿可喜欢他了，他也真是让人疼……！说好了，——二十三号我给您带一棵小圣诞树来，说好了，还有彩纸条……

安娜：您真是太好了。

女佣：您千万别客气，这都是为小孩子，咱们现在可不需要这些个了，——真是，小姐，咱们可不需要了。对不？——真是。（把碗盘收拾在一道，准备走了）圣诞树就包在我身上，保证给您弄棵特好的，——回见。

安娜：多谢了，包默太太。

女佣（在门口）：不谢不谢，我说了，是给托尼的……（下场。）

————

（安娜起劲地干着活儿，只听见缝纫机的响声。停顿。）

（又传来外面的声音。停顿。）

女佣（很是惊讶地走进来，小心地关上门）：小姐！

（安娜没听见，继续干活。）

女佣：小姐！

安娜（手没有停）：什么事？！

女佣（走近些）：有人找您。

安娜(抬起眼)：订做衣服的？

女佣：好像不是，是一位蛮讲究的先生。——真的。——

安娜：不可能啊。

女佣：真的真的；(急忙道)他把名字说得清清楚楚的，他说的，安娜·斯塔克小姐。他穿着皮大衣哩！我猜想他是位伯爵，反正也差不多。

安娜(站起身，恼怒地)：包默太太，那您就去告诉他，我不见客。除非是要订做衣服……还是算了，我谁都不见。您就这么说——请您务必这样说！

女佣：好的，好的。(她走到门前)我这就去告诉他，这就去。(打开门。)

（马克斯·斯塔克快步走进来。）

安娜(先是吃了一惊，而后带着明显的喜悦冲向他)：马克斯！(她拥抱着他。)

马克斯(亲吻她)：怎么样……

安娜(难以相信地)：真的是你？!

马克斯：是我，好姐姐，就是我。那什么——你好吗？

（站在门旁的女佣下场。）

安娜(还一直抓着他不放)：你怎么可能找到这里的？

马克斯：可是费了劲了，我就像找一枚丢了的胸针一样到处找你，你把自己弄得有点高了，——为啥？有点高；那什么。——让我瞧瞧。(他环顾四周)不算什么富丽堂皇，不过，只要你……

（安娜流下眼泪。）

马克斯(不耐烦地)：那什么——你怎么哭了呢！那什么，好姐姐，好姐姐。(抚平她的情绪。)

安娜(擦干泪水)：妈妈好吗？

马克斯：妈妈？谢谢，她很好。也就是说，是这样的，这样的……

　　　(安娜关心地仔细听着他说。)

马克斯：她年纪也大啦，你知道的，没啥要紧的，一会儿搬这儿住住，一会儿搬那儿住住，咱们大家将来也都会这样。那什么，不过，到目前为止……

　　　(安娜心怀疑问地定定望着他。)

马克斯：呃？

　　　(安娜盯着他不动。)

马克斯(说实话了)：是这样——是爸爸。——那什么，他有时脾气真的很坏。我知道的也就这些……真的——(停顿。)那什么，先得问问你，你在做些什么呢？咱们到底多久没见了？

安娜：六年多了。

马克斯：六年多了……？可不嘛，真的，两年、四年、五年……你可能真没记错。真是的，那时我还是少尉呢，毛头小伙子一个。——(停顿。)那会儿，那件事情，前前后后可把我震呆了。那什么……(换了一种语气说)你脸色有点苍白，有点苍白……

安娜：是光线的原因吧。

马克斯：是吗？可能吧。那么，我是要和你说什么来着，你过得——不错？是吗？

安娜：对啊。(平静地)我很满意。

马克斯：那什么，这很好。

　　　(停顿。)

安娜(迟疑地说)：你坐吧，马克斯。

马克斯：好的。(在靠背椅上落座。)啊！你这里可以抽烟吧？可

高处空气

以吗?

安娜:当然。

马克斯(从烟盒中取出一支烟):瞧,这可是不错的。咱家还是一副旧脑筋:耶稣马利亚——墙面上会留下烟味儿!耶稣马利亚——窗帘上会有烟味儿!真叫人烦心。——那什么——老家伙们。(他把烟点着。)亨利·克雷牌的——你留心闻闻:这香味!会叫你很舒服。晓得不,这香气可是独一无二的。你用餐也在这间屋子?——

安娜(微笑着坐下来):你坐着的地方是我的餐室,那儿,(她指着床)是我的卧室,那里(她指着阁楼凸出的那一处)是我的小工作间。

马克斯(吐着烟):划分得不错,非常棒,有品位。——你觉得这款烟怎么样?(朝着她吐出一个烟圈去)香极了,是不?

安娜:亲爱的马克斯,我不太懂……

马克斯:那什么——(他吸着烟)其实我还有更重要的事情要和你商量,唔。——(停顿。)

首先请原谅我不等你招呼我就这么急着进来了,不过外面厅堂里确实比较冷。那什么——你知道,某些特殊情况下,是允许违反平日该遵守的规矩的。——那什么——呃,就是……(他紧张地捻着小胡子——突然说)把姐姐再抢回来就是这样一个特殊情况,对不?

(安娜不解地看着他。)

马克斯(尴尬地):那什么……

(安娜仍旧望着他。)

马克斯:是这样的。——这也是我到你这儿来的原因,除了我自己的个人的兄弟情,——当然啦——是妈妈让我来找你的……

安娜(又惊又喜):妈妈?!

马克斯(干巴巴地):是啊。

安娜(开心得声音发颤):快说,马克斯!妈妈让你来……还有呢……

马克斯:她本来要自己过来的;但是——这天气……她有点吃不消。

安娜(仔细听着):妈妈她?……

马克斯(长长吐出一口烟):那什么:她等你回家过圣诞。

安娜(蹦了起来搂住他):真的吗,马克斯?!

马克斯(干巴巴地):是呀,那什么,你回去吗?

安娜(注意听他讲):回家,上帝啊!

马克斯:是的。

安娜(双手合十地站着):这你还要问?马上就回——马上!(欢呼着)妈妈!妈妈她是怎么和你说的?你肯定都还记得吧。

马克斯(觉得无聊地):哎哟上帝,这事他们在饭桌上已经说了个没完啃,说来又说去……

安娜(畏葸地):那爸爸呢?

马克斯:咱爸?(吸着烟)那什么,咱爸说:只要能见到你,他什么都答应,阿门。

安娜:他还生气不?

马克斯:我告诉你啊,他脾气真的不好。和上年纪的人待在一块儿可真是受罪,没有一天的安宁……

(安娜愕然听着。)

马克斯:总是一而再,再而三的。

安娜:是吗——怎么?

马克斯:你觉得奇怪?总这样,互相骂——

安娜：?

马克斯：因为什么事？上帝，都是鸡毛蒜皮的小事，他们可容易生气啦，你根本想不到。然后总是升级到这个问题，就是到底是谁亏欠了你。

安娜（惊呆了）：谁亏欠了我？

马克斯：是啊，真是太蠢了，是不是？一个说，是她对你太好，让你太自由了，另一个说，是他责备你太多了。真是太蠢了。啊，真是……你总算还是保住了最可贵的，懂吗，可以这样自立。我要是能这样就好了！——那什么，你和我情形是不太一样的。女人总是更懂女人，家里有两个女人的话，——爸爸肯定就输了。

　　（安娜沉默着，低头发呆。）

　　（停顿。）

马克斯（结束话题地）：那什么，你答应回去，我很高兴，很高兴。我说了的吧，是我怂恿妈妈这样决定的。因为——呃！——咱私下说的：现在很有必要有个人过来打打圆场，家里气氛真是一团糟，真需要来一股清风……（他想了想。）那什么，可以告诉你一件事，反正你也不是什么淑女，我又惹了件事，晓得不，一个女孩子，上帝，只是 *en passant*[①]……很可爱的小东西，丫头片子。——那什么，就是取了个乐——然后就完了。这小东西就受不住，跳了河。

安娜（肃然地）：然后呢……

马克斯：还有什么然后？（无耻地）完事了。——她蠢——不是吗？

[①] 法语，意为"顺带地"。

安娜(震惊地):马克斯!

马克斯(扯着小胡子):当然啦——是惨了点。

安娜:这就是你干的事儿?……

马克斯:可别对我说教,亲爱的安娜。这到底和我有什么相干?又不是我让她这么干的。

安娜(惊讶地瞪着他,然后加重语气慢慢地说):你可是亏欠了她的。

马克斯:是,是,这个我知道。那什么,因为这个,我可能要在阴间被多烤一会儿,是不?烤成英式烤肉那样?有啥用?真是的。

安娜:马克斯,我真不明白,——你怎么……

马克斯(气急败坏地):行了!现在可是够了!真无趣。虽说住四层楼这么高,可还保留这种小市民的想法,——这是各有所好的事儿。——再说了,类似情况下也未必要投河,可以有别的做法,——这……(他颇有深意地望着她。)

(安娜猛地站了起来。)

马克斯:*Passons là-dessus*[①]!

(安娜走到抽屉柜前,沉思着机械地一样一样地取出东西。)

马克斯(轻描淡写地):之所以告诉你这件蠢事,是要你清楚,爸妈为什么要……

安娜(转过身来):他们知道这件事?

马克斯(带着一种自负):上帝,当然了,这是公开的秘密。——这种事传得快,朋友圈里已经有人开始悄悄议论了,可以说有种——知名度吧。那什么,(自以为是地)偶尔让人稍微议论一下,这感觉很受用。是不?

---

① 法语,意为"让我们继续吧"。

安娜(冰冷地)：我听不懂你说什么。

马克斯：听不懂？——你知道不，你必须劝劝咱二老，我可真是完全靠他们过活的。现在有一大堆的责任……爸爸他——咱私下说啊——他是个大俗人，他是可以……

安娜(骄傲地)：我得替你去乞讨？

马克斯(站起身)：亲爱的姐姐，你这可就不懂我了，你没看清楚局面。我只是说……

安娜(直截了当地)：我想，爸妈我也不会再懂他们了——

马克斯：会改善的。

安娜(非常严肃)：你们我统统不懂……

(停顿。)

马克斯(把烟屁股往炉子那边一扔，把双手背在后面，来回踱步)：好吧好吧——这是因为这么多年了。(打着哈欠。)

安娜：马克斯，我看，在我们之间，除了隔着这么多年，还隔着一些别的。

马克斯：？

安娜(庄重地)：我心中有安宁。

马克斯：呃！

安娜：这难道不就是我们在这世上能拥有的一切吗？

马克斯：安宁？——好吧。——那什么，这就是说，(很无赖地)你用它来生炉子吗？——那么，我觉得它——至少，作为取暖材料——还真是不太够用，你的安宁。

安娜(仿佛没听见一般)：你们那里，在那底下，空气肯定是完全不同的，又压抑又沉闷。我现在说不清，我已经不习惯它了。我只是像做梦般记得，自己曾经呼吸过这空气。已经很久以前了。——还有：在你们那里，只看得见墙壁，——也望得进邻居的窗户。可这里——看啊——可以望得很远，很远，越过所有的屋顶。天空在这儿也近得多。我经常在夜里相信自己用手可以够得着星星。——这里什么都是不一样的。只有吃了大苦，才能上到这里来。或者死在这上面，或者——活下来。如果活了下来，你就像生过一场大病那样，变得疲倦、平和、与世无争，然后你心里就会充满谅解和善意，——不再能理解下面那些人，——就这样，……超越了所有的苦痛……

（停顿。）

马克斯（好像着了魔一般仔细听着，然后好像不情愿地摆脱开，又用老声调说）：说完了？！那什么，这真是叫人尊敬的业绩。你可以去写写小说，嘿，你写的小说应该不会太差……你的长篇大论无非这个意思：尊贵的小姐屈尊对于家人最善意的再次接纳——嗤之以鼻。对吗？

安娜（窘迫地）：你用不着讽刺。

马克斯：你也不必开恩。所谓"开恩"，实际也不完全在你。（他看看怀表）我的时间也有限。（他简短地说）这么说吧，是你母亲派我来这儿，要你重回父母怀抱，等等等等……
你愿意吗？愿意还是不愿意？——

安娜（下决心地说）：愿意。

马克斯（有几分吃惊地）：这样啊，那什么，原来如此。太让人高兴了，毕竟你心里的责任感占了上风，让你奉侍父母。

安娜（轻声道）：你不要搞错了。不是这样的。

马克斯：那又是为何？

安娜：我有一份更高的责任。

高处空气

马克斯：是吗？

安娜：我的孩子。

马克斯（惊愕地）：什么？—— ——

安娜：我想，小托尼的未来能够得到更多关怀，如果我……

马克斯：原来你……？（镇定一些）那什么，这太好了。你说得对，那个什么在哪儿呢……

安娜：托尼在学校。——等你见了他再走，马克斯！（变得兴奋起来）见了他再走！（发自内心地说）他是我的一切。

马克斯（沉思着）：是这样。

安娜（仍旧是衷心地说）：他又乖又努力……

马克斯：他已经念书了？那什么，真不错。那么这个小孩……他叫什么？

安娜：托尼。

马克斯：托尼？呃，—— ——那么这个小托尼也一道回家喽？——那什么，好吧。妈妈可要高兴了。——我们可从来没想到这个。六年了……对了，这个极好：那个老费尔娜（你记得吗？），我当少尉时候的杂役女工，——她总想带个孩子什么的。我们把淘气鬼都交给她带，她很会带孩子，这个老费尔娜。——在这个老巫婆手上，孩子都长得飞快，嗖嗖的。长得好极了。你就不用管他了—— ——

安娜（胆战心惊地听着，忍耐着，克制着）：你真的这么想？

马克斯：当然啦，好姐姐。我可是实干家，怎么样？马上就给你拿出主意来，老费尔娜！你倒是给捧个场喝个彩啊！（眼睛望向窗外）你要晓得，撇除辛苦和烦扰不说，——你是不可以带这样的角色回家的。这是明摆着的。爸爸是退休的公职官员，我以前是军官——而且咱们还有社交圈子;我们不能对人无礼。

安娜(再也忍不住了):你是这样想的?

马克斯(眼睛仍旧朝着窗外看):上帝,不必再为此费口舌了;这是人之常情的社交——顾忌,*savoir vivre*[①],那什么,简单说,就是——正派。

安娜(终于发作了,使得马克斯吃惊地回头看她):这些在下面你们那里都有吗?瞧你们都有怎样漂亮的玩意儿!什么社交顾忌,什么生活的艺术,什么正派……——还有呢?社交顾忌——好啊,还有教育和教养,还有荣誉——还有——就是没有心肠!
(讥讽地大笑起来。)

马克斯(极为惊异):你怎么……

安娜(平静一些了,严肃地):你再也不要费力上来这里了,马克斯。平日这里都是很安静的。你把争论带了上来,还有仇恨和——轻蔑。

马克斯(沙哑地说):安娜!(他轻蔑地笑了。)

安娜:你还有什么事吗……?

马克斯(一时无言):——你这是要赶我走?这就是你的谢意,我早就说了,这就是你们的感激,等你们从自己的肮脏当中……(他由于激动,嗓音变得极为嘶哑,从桌上拿起帽子)那什么,像你这种女人,我见得够多了,——成问题得很……

(安娜冷峻地站在窗边,在马克斯的跟前,冬日的晚霞映亮了她的含着怒气的眼睛。这时,门开了,托尼(六岁,金发,活泼可爱)冲进来,没有注意到仍立在桌边的马克斯。

---

① 法语,意为"生活的艺术"。

他把书本扔在门边的椅子上,向安娜奔过去。)

托尼(欢呼着):妈妈!

（安娜拥抱着他,真切地亲吻着他。)

托尼(忙不迭地说着):妈妈,弗利茨今天看见童子基督了,真的!老师说,童子基督现在每天晚上都会飞过整个城市,是真的吗?

（安娜抬起满是幸福的目光望向马克斯,他仍在门口迟疑着未离开。)

（托尼见母亲没有回答,便随着安娜的目光望去,惊讶地望望马克斯,又望望安娜。)

（安娜走到阁楼凸出的那个角上。)

托尼(见她这样做,喊道):妈妈,别,别马上去缝衣服!(讨好地对马克斯说)你是大夫吗?(他抓着妈妈的手。)瞧,妈妈缝衣服把手都缝疼了!(问安娜)疼不?!

（安娜含着泪微笑着跪下来,满心感怀地亲吻着小男孩。)

剧终

不在场[*]

两幕剧

人物：

葛尔特太太

她女儿 索菲

和工程师 恩斯特·厄本 新婚不久

剧情发生地点：

一座中型城市郊区的宅子。一间舒适明亮的客厅，窗户和挑楼（窗户又高又亮堂）都冲着花园，园中一片春色。家具都非常新，有几分呆板和程式化地摆放着，正如一般年轻夫妇居室内常见的情形那样，这些都强烈地透露出——装修工人的意愿和想法。每样东西都还有待使用。陈设如下：被花园门占了一面墙的挑楼里都是花儿，

---

[*] 根据德文十二卷版本《里尔克作品全集》第八卷注释，大约作于1897年秋冬，1897年12月在柏林第一次出版。从未上演过。

挑楼用一块以传统方式挽起的门帘隔着，同样款式的窗帘也挂在高窗和（左右）两扇门上，壁炉旁的软垫单人沙发和围着大圆桌的那些座椅上的布套也都是相应的花色。一张长得显眼的沙发横放进了屋，用一块地毯盖着，有一些画，不算太多，大多是附赠品，四散放着。

第一幕

第一场

葛尔特太太，索菲

母亲：我总想再在整座房子里走一遍。亲爱的孩子，你日子真过得不错。想想咱们马刺巷的老房子，那个地面，你知道的：走一趟下来，就像从烟囱里出来一样。可你这儿呢？地板上都能滚面团，一丁点儿灰都没有……（她突然打住）我倒是得问问你，索菲，你中意不中意这个？（她指着长沙发。）我没法从它旁边走过去，它在哪儿都挡着我的道儿，我和装修工争了半天，他愣说这玩意儿就得斜着放，我真见不得这个。

索菲：上帝，也没这么糟嘛。也不一定非得这样支棱着放，等一切都就绪了，还可以想想该怎么弄，现在我就暂且让它这样好了……

母亲：你看看，孩子，还有写字台，他也要那样放，横着放在屋子里。

"我说,"我告诉他,"您是不是……"真的,他显然是有点儿这个。(她拿手在脑门上比划了一下①)写字台是要挨着墙放的啊。

索菲:他是考虑到光线。

母亲:没错,他是找了这个蠢借口,说光线不够什么的。要光线干嘛?反正一年也不会在写字台边坐上两趟。

索菲(又娇憨又吃惊):可是妈妈……

母亲:知道,您可别这样开口说话——一会儿我还得喊你小姐呢——这样说话可是会得罪人的。不过我也真是看出来了,对你说话真得称呼你"尊贵的小姐"了,你可变得相当的有范儿了。

索菲(依偎着母亲):我快活极了。

母亲:明白,所以我才说嘛:你也不会经常坐在那玩意儿旁边,既然你和恩斯特先生随时都可以——这样——(嘴唇做出亲吻的样子)交谈。对不对?以前肯定是你来我往地悄悄写信,那时候书桌就比床更要紧,是不?

(索菲尴尬地不吭声。)

母亲:现在斗争结束了,你们得逞了!现在可以这么说出来了,我早就知道,所以就紧紧管住爸爸。

索菲(犹疑地):我好几次想问你了,爸爸为什么总是不喜欢恩斯特呢?

母亲:上帝,他就是这样,你了解他的。再说,他一直是喜欢恩斯特的。

索菲:可是……

母亲:他就是觉得恩斯特维也纳的亲戚不怎么的。

---

① 这个手势是指脑子有病。

(索菲抬眼以询问的表情看着她。)

母亲(安慰道)：他们也都是正派和值得尊敬的人——当然喽——就算是不怎么有教养吧。这一点让爸爸不太能接受，你懂的。(很快地打住。)不过恩斯特晋升得这样快，越来越棒了。是不是？他以前从来都是优等生，现在在厂里也是最勤奋的。人人都喜欢他，他会有前途的……真是的——怎么要我来和你唠叨你那独一无二的恩斯特的好来，好像你不是最晓得他的！

索菲(带着孩子气的骄傲说)：他就是这样的！

母亲(笑着说)：对，对，——我知道。——但我得走了，孩子。等我听你讲完他所有的好处，爸爸和阿格拉在家就要饿死了。就是说，阿格拉是不会想到吃饭的，但爸爸必须准点在桌上看到他的晚饭，我还什么都没发派给厨娘呢。——(教导索菲道)你也得这样安排，得守时，这是关键。一点钟得吃饭，汤必须在一点钟端上桌。八点钟吃晚饭——早饭也要准点吃……好吧，这些都和你说过一万遍了……你心里准想，这个刻板的老娘。不过——非得这样做不可。没有规矩，银子就得成倍地花……(做出准备走的样子。)

索菲：别走啊，再等一会儿。恩斯特马上就到家了，他说好五点钟回来的，恩斯特(她尤其淘气地加重语气说)也是很"守时"的。

母亲：这我得马上见分晓，那我再等几分钟。(她坐在长沙发的末端，索菲坐在她旁边。)这样一个玩意儿，真不晓得该怎么坐法，该坐哪块儿。(不断四处打量着)不过，你这儿真不错——又亮堂，又温馨。还有，你们有这个小花园……这可比结婚旅行要好上千倍吧，是不是？

索菲(点头。)

母亲：你本来想去旅行的？

索菲：可不是嘛——去威尼斯。听说恩斯特得不到假，我还真是难过了一阵。不过就一阵子。而且，那时我也想着，我们得住城里。你可给了我们一个惊喜。

母亲：你啥都不能缺。以后你们再去南方，去意大利。你们这些痴子。在你们去之前，圣马可广场的鸽子是不会饿死的。

索菲：哦，我现在在这儿可称心啦。这么舒适，这么快就有了自己的屋子。恩斯特也说，先等在这里住惯住舒坦了再说。

母亲：是啊，在我看就是，等沙发都乖乖挨墙放好，就住舒坦了。（她俩都乐了。）

第二场

人物：同前，恩斯特·厄本

（恩斯特和索菲拥抱，此时，钟开始大声地敲响五点，索菲从丈夫怀里挣脱开。）

索菲（调皮可爱地）：嘘！嘘！

母亲（以及）恩斯特：怎么了？

索菲：你听啊，妈妈，最后一响五点钟。喏，在这里，我荣幸地将我守时的夫君介绍给你。

恩斯特：你究竟是怎么回事？

母亲（向恩斯特伸出手）：你好，亲爱的恩斯特。你的守时让你桂冠上又多了一片叶子。

索菲：这下你在妈妈这里可得了满分。

恩斯特：怎么呢？

母亲：我亲爱的女婿呀，在你身上，我发现了很多优秀品质，况且，你还不吸烟。但自打我得知你还很守时——这么说吧：你就完全把我征服了。

恩斯特：哦，——这不是什么了不得的事，习惯了。

母亲：是啊，(逗趣地)岳母夸奖几句有啥稀罕，她反正总是不招自到，说来就来……

恩斯特：这话连你自个儿都不信的，妈妈，你知道的，我们对你有多感激。

母亲：唉呀，感激个啥呀。人都是身在福中不知福，这都正常。好啦，好啦，不过我真得说声抱歉，这么快就又跑来了一趟。

索菲(责怪地)：妈！

母亲：不是和你道歉，是和你这位郎君道歉。再怎么道歉，也不如现在就收拾东西赶紧走人啦。

恩斯特：你可不能叫我们不得心安，再说，我一来，你就走，也是给我难看嘛。

索菲(温柔地把她按回长沙发上)：你坐下嘛。

恩斯特(端了把沙发椅，坐在两位女士跟前)：岳父怎么样？

母亲：老样子。除了他的脾气和痛风病，都还不错。现在春天，他的痛风又犯了，身上一痛，他马上就垂头丧气的。再说，自从不去单位上班了，他就浑身不自在。我也没法和他说什么高兴的事儿，让他摆脱这个状态，精神起来，有啥法子，……我们俩已经是破铜烂铁了，不中用了。

恩斯特：这我倒不担心，岳母大人，像你这样活跃，是不会变老生锈的。说到底，还是这个最要紧：不能变得不中用。

母亲：等到不中用那一天可能也不会太久了。看过了你们这儿，再回我那儿，心里就一点儿都不舒服。另外，还有那阿格拉。

（恩斯特站起来走到窗边。）

索菲：她又咋啦？

母亲：还是那个德性，我真不懂了：成天就埋头看书，要不就在街上瞎转。问她为啥，要不就是啥都不说，要不就是说了我也啥都没懂。我就琢磨着：她说的那些，到底是真的在理啊，还是瞎说八道。

索菲：哦，都是瞎说八道。

母亲：可是，你晓得的那些，都不算什么。你现在真得听听她都说些什么，自打你出嫁以后，她可是一团糟。等到爸爸也觉得不妥了，他对她可一向是很体谅的。你知道吗，我告诉你们啊：最近我就和爸爸说，他得找这孩子谈谈，按我的意思，严厉一点。过了两个钟头，等我再进门，只见老头子两眼炯炯有神，正乖乖坐着听阿格拉白话呢。总是这样过分。我真的相信，她是在教导他哩。说不清楚，这丫头不太正常——瞧瞧你，看看我自己——索菲，——我都不相信，她是我的女儿。你这么有头脑，这么顾家……

恩斯特（漫不经心地从窗子那边对这边说）：你可能不能总让她自个儿一人瞎转悠吧？

母亲：你去跟她说呀。她嚷嚷着要自立。

索菲：瞎扯什么，我不也是自立的吗，要像她这样胡来，我自己都会瞧不下去的。

母亲：我要是把她喊过来，对她说：阿格拉，这样不可以。好了，她就把自己关在房间里，待在里面不出来，乖得不得了，直等我最后不得不求她出来。看看她现在的模样儿,已经十八了,还那么弱不禁风的。她得见光透气。——要不是她平日又哪儿也不愿意去,我其实早就可以把她引进社交圈,我们有过那些个交际,你的那些舞伴个个都会对你妹妹感兴趣。这些也都过去了,唉,现在都是叫人操心的事。

索菲(严肃地):你就跟她说,是我让你说的,她就是一个孩子,她——她知道我要说什么。

母亲:现在她真是一副惨兮兮的样子,我都不敢冲她说什么。——再加上城里的空气。我寻思着,这眼前正是阳光大好的时候,这日头可以创造奇迹,让她去哪里待两三天,当然只是两三天……

恩斯特(转过身来):对,——对,(起劲地说)这恐怕是最佳之策。

母亲:时间太长了也不行——要不,别让她和生人在一块儿,也许可以在你们这园子里待两三天?……

索菲(急忙说):不行。

恩斯特(同样):不行。

　　(索菲和恩斯特不由得交换了一下惊异的眼神。母亲看着他们,讶异于他们决断的口气。)

恩斯特(有些不自在地走上前来):我是说—— ——我们这儿————不太—— ——

索菲:恩斯特的意思——我们的——房子——

母亲(沉住了气,笑着说):唉呀,我也真是——拿我这人真是没辙。让一对年轻夫妇招待住客,哎哟,还是这样疯疯癫癫的客人,又是蜜月里头。—— ——(大笑起来)瞧瞧,小宝贝,我猜你丈夫都要替你恼了,是不?难不成你自己也——真的,你也恼了！你们真是太可爱的。就像过家家一样,这两人都恼了。(她爱抚着索菲。)好啦,好啦——这个笨丈母娘,还想着两三天只不过小意思罢了,两三天——可是太长太长喽。哎呀,是这么回事:在你们这儿,我又变年轻了,彻底年轻了,就变得极端幼稚了。——可别再恼了啊,上帝啊,上帝。现在我看得开路了。天晓得再不走我还会闹出点什么事儿来。别气了啊,(温柔地抓住恩斯特的胳膊)她可气了。好好哄哄她……好好哄哄……(她匆匆地亲吻了索菲,对恩斯特眨眨眼,走到门口。冲着想送她出去的恩斯特说)你去你去,我自己找得到。——去你老婆那里!(乐着,走了。)

第三场

索菲,恩斯特

索菲(有几分狼狈地站着,还想着刚才的事。)
恩斯特(走上前去):妈妈说得对。现在好好亲亲我吧。
索菲(舒了口气,亲吻他):好吧。
恩斯特:就完事了?
索菲:又来了,你真的爱我吗?
恩斯特:对了,关于这个我们还真从来没谈过。(在她额头亲了一下。)我可爱的老婆今天勤快不勤快啊?
索菲:勤快得不得了。收拾这些东西,也是种乐趣。来,我要给你看看厨房,样样都是新的,干净锃亮。(又对正要前去厨房的恩斯特说)不行,还是不行,为了这个庄重的时刻,得样样都妥当了才行,还没到那一步。厨房干净的程度只要还没达到你办公室积灰的程度,你就不许看。你的办公室就得那么脏吗?

恩斯特:你忘了,宝贝儿,我们单位可没有像你这么能干的人会收拾,只有几个偷懒的清洁工,而且他们还不许动桌上的任何东西。

索菲:原来他们不许动你们的东西啊,原来你们干着什么秘密的事情呐。那,如果你不觉得我太傻,就带我去你那单位去,告诉我说(挽着他的胳膊)这个得这么放,那个得搁在那儿,还有这积满了灰让你都瞧不见的……

恩斯特:你这个淘气鬼。

索菲:人家可是认真的,要帮你好好打扫打扫。还不止这些,你成天吸灰,肯定会得病的。我现在看你脸色就黄得很!

恩斯特:是嘛?刚才还有人对我说了正相反的话哩。

索菲:这人显然是啥都不明白。

恩斯特:哦,这个人呐,可是你说的,是什么都懂的。

索菲:瞎说……

恩斯特:咋了?

索菲:原来你说的是牧师大人?

恩斯特:猜对了!对你这位老导师,我都要吃醋了。

索菲(煞有其事地说):就是!对他你倒真可以吃一点醋的,这对你肯定也没坏处。牧师大人如果年轻四十岁,如果他不是牧师大人,如果这世上没有你,——我肯定就嫁给他了。你看,——是不是就差一点儿?

恩斯特:是啊,——有件小事,也许还能弥补你的遗憾。就因为这个,我要他快点来咱家,我当时都想即刻把他带回家来。

索菲(由衷地)：遗憾——

恩斯特：他正在去城里的路上，在那里有事要办——，他还想去看你的父母。——————

索菲：那太好了，妈妈也许会和他同时到家。哦，我都给忘了，你要不要喝茶——恩斯特？

恩斯特(从沉思中缓过神来)：不喝，谢谢……不过你说是不是，除了牧师，平日也没别人来咱家里？

索菲(迟疑地)：是没人来，你干嘛要问这个？

恩斯特(漫不经心地)：自个儿待着不是最舒服的吗？

索菲(有些畏缩地说)：是啊——我也可以请牧师大人现在别……

恩斯特：别这么说，宝贝儿，我只是说……我只是指的生人……只是生人……

索菲(忐忑地)：哦。

第四场

人物同前

（恩斯特坐在长沙发上，索菲未能完全掩饰住心中的焦虑，来回踱了一小会儿步。）

索菲(在恩斯特跟前立定)：有桩事我要问问你。

恩斯特(表面很镇定的样子)：什么事？！——

索菲：刚才，妈妈建议我妹妹——出来走走——（她迟疑着。）

恩斯特：是啊——（被惹得不耐烦）那又怎么了？————

索菲：你生气了？

恩斯特（勉强笑道）：你就快说到底什么事？

索菲：妈妈刚才说这事的时候，你很奇怪地说了"不行"。……

恩斯特（试图用开玩笑的语气）：你这个小傻瓜，究竟是怎么听人说话的。说话要么说"行"，要么说"不行"，怎样才能**奇怪地**说"不行"嘛。——有些情况我想进一步（把她拉进怀里）对你说明，考虑到这些情况，我才选择了说"不行"。你自己不是也说了"不行"吗？

索菲（机械地回答道）：是啊，——我自己和你说的一样。

恩斯特（转移话题）：就是嘛。那么我被赦免无罪喽？（亲吻她。）

索菲（拒绝着他）：不是的。

恩斯特：你是怎么了？——

索菲：抱歉，我刚才走神了。来，来好好亲亲我吧。

恩斯特：你呀，宝贝儿；你还能走神呐。（亲吻她。）

索菲（一边被吻着，一边畏葸地说）：恩斯特，我有一桩心事，——我不想告诉你的，但是……

恩斯特（重新不安起来）：没那么糟糕吧。

索菲：糟糕可能也算不上，我只是不明白。她从他怀中站起来。你会明白是怎么回事。（她若有所思地站在他跟前。）

恩斯特（没说话。他内心斗争着，终于将一封信递给索菲）：你看看这个吧，这样最好。

（索菲匆匆接过信，手指哆嗦着将信撕开，紧张地屏息读着信；突然，她怀着激烈的愤恨将它撕成碎片，用脚踩踏落在地上的纸屑，仿佛它们是被点着的火一样，——她的脸完全扭曲了。）

恩斯特（惊恐地）：嗳，我说你，宝贝儿，宝贝儿。

索菲（把他伸过来安慰她的胳膊挡开）：你怎么回她的？

恩斯特：亲爱的，你冷静一下，——你看——我五点钟到家的。

索菲（渐渐平静一些）：是啊，对，你五点回来的。

恩斯特：阿格拉常常给我写这样的信，和这封一样的。

索菲：真是卑鄙，真是……

恩斯特：这是病态。

索菲：自己的亲妹妹。（猝然爆发出怀疑）你从来没去找过她，一次都没去过？

恩斯特：从来没去过。

索菲（忧虑地说）：绝对不要去找她——答应我。

恩斯特：我答应你。现在，听我说。让我们静下来谈谈，你坐下。（他们并肩坐在长沙发上。）

索菲（深深吸一口气）：你爱我吗？

恩斯特：我很爱你，索菲。现在，仔细听我说。你妹妹寄给我的这些疯言疯语，我通通都烧了，大部分都没有看过。这样做并不妥当。我们早先其实应该一块儿看看这些信，一块儿采取些措施。

索菲（表示衷心的赞同）：对。

恩斯特：如果我们早先便这样做了，可能早就万事大吉了。女人更能找到解决办法，我是不太懂这些事情的。这些乖张的行为让人感到恐惧，这样的事情不值得叫人多想，但总还会在工作的时候，在各种可能的时候让我感到不自在。你妹妹的精神有病。信上这些话，她自己都压根不懂的，全都是胡思乱想，和我沾不到边，是她臆想的白马王子，她根本不了解我。我要是能和她谈谈，保准她立刻就要失望。——

索菲（做了个动作表示可以试试。）

恩斯特：可是不行，行不通的，她陷得太深。所以我们才得**这样**，要像两个战友一样共同作战，就是说：我们要对彼此绝对坦诚，凡是和这件事情相关的事情，都要互相开诚布公。你愿不愿意这样？

索菲：我什么都愿意。

恩斯特：那么我们就共同贯彻到底了。你也比我更了解你妹妹……

索菲：我怕她。

恩斯特：你没必要怕她，你看，我们要是彼此有什么说什么——她能拿我们怎么办。

索菲：她总是让我感到阴森森的。

恩斯特：哎，我们会摆平她的。

索菲（战战兢兢地问）：你难道不相信……

恩斯特：什么呀？

索菲：不相信她会……

恩斯特：？

索菲（不知所措地）：**那样**

恩斯特：怎样？

索菲：那样，她在信里写了……

恩斯特：她不会，索菲，这个你可以放心。没这么快就投河的。写起来容易，作为小说结尾也很合适，可是真正要这么做——她连说都没说过呢……

索菲（惊恐地）：说——她说过的。

恩斯特：什么？

索菲：她对我说过的。

　　　　（恩斯特蹦了起来。）

索菲：上帝，我一直想告诉你的。可是太可怕的，原谅我吧，我——
　　——（她大哭起来。）

　　　　（恩斯特激动地来回踱着步。）

索菲：我真该马上就告诉你的。可是，我总觉得：要是对你说了，——我就会失去你。

恩斯特（严厉地问）：什么时候的事？

　　　　（索菲竭力止住泪，恩斯特焦急地抚慰着她。）

恩斯特：现在咱俩都要坦诚，对不对？好吧，好吧。

索菲：是的。（她镇定住。）那是在婚礼的头天晚上。我已经上床睡觉了，她来找我。（由于激动，她的声音时断时续。）

恩斯特：这件事上你是无辜的，别犯糊涂。

索菲（艰难地继续）：她来找我，对我说："……你……你不许嫁给他……我爱他……他是我的……"

恩斯特（仍旧站着）：他——是我的？

索菲：一开始我乐了，因为我知道……可是阿格拉的样子好吓人，黑暗中，她的眼睛特别大，特别野。我觉得特别害怕。"他必须是我的。"她说。

恩斯特（摇着头）：那你怎么说？

索菲：我？我不记得了。我说要去告诉妈妈，——说我们互相已经有承诺，说你喜欢我……说你非常喜欢我——爱我……（恩斯特站在她跟前，轻轻地抚摸着她的头发。）然后她就走了，在门口，她用完全不一样的声音——完全陌生的声音，对我说："那我就去——那我就去……"（她害怕地搂住恩斯特。）这声音现在还在我耳边。——后来她不再说了。但是我感觉到，她会干的——她会这么干的。她会去死。啊,这真是个难熬的夜晚,我没有摆脱这个念头:你要出事了。我真想去找你啊,我不停地祷告,一直祷告到天亮,心里却没感到好受些。一直等到早上见到你——又开心又健康的……(她热烈地拥抱住他。)

恩斯特(若有所思地):就这些吗?

索菲(深吸一口气):就这些……现在说出来了,它一直压在我心头。现在我又可以开心了,和以前一样开心。(她再次拥抱他。)

恩斯特:你这个小可怜。

索菲:唉,你也不要总想着这事。你已经知道了,我就好开心。感觉真自在。

恩斯特:是啊——这事我们不提了。只有这一点:齐心协力,坦诚相对。

索菲(立起身):好的。

恩斯特:要非常坦诚。

索菲(满心喜悦和信任):我们要彻底看到彼此心里去——好不好?

恩斯特(被感动了,也重新开心起来):亲爱的啊!

索菲:你啊!(他们握着彼此的手,忠诚地对视着。)

第五场

人物同前

恩斯特:我们不把灯点上吗?

索菲:可这样多惬意啊。

恩斯特:我还要干点活儿呢。

索菲：再等一会儿，看，外面多美啊。这样望出去，你觉不觉得，咱们的花园延伸得很远，很远，一直到塔楼那边。

恩斯特（微笑着）：瞧你多痴迷啊。

索菲：我在学习呢。在娘家的时候没条件——但现在有了。况且，我先前也不够成熟。

恩斯特：为了变得痴迷？

索菲：是啊，要让痴迷真正成为一门艺术，人必须足够成熟才行。首先得非常地爱一个人，就像我爱你一样。

恩斯特（真切地）：你真是我金色的福星！

索菲：我也这样愿意的。不过，不要说"金色的"——宁愿说：——充满生机的。

恩斯特：好吧，我的充满生机的福星。

索菲（爱抚着他的头发，忘情地喊道）：你头发真扎手！这样短的头发，真是的！

恩斯特（笑着退后几步）：怎么突然说起这个。

索菲：是啊，你瞧，这都是因为我正在学习痴迷。现在我好想你是留着长长的金色卷发。（纵情地笑着）我说，恩斯特，你以前也写过诗的吧，对不对？好啦——不许这样凶巴巴地瞪着我。我是说很早很早以前，你十七岁的时候？——

恩斯特：十七岁的时候？宝贝儿，让我一五一十地告诉你，我十七岁的时候都在做什么。你听好：我当时正在念文理中学，另外还给一帮懒孩子补习功课，到了晚上——只要光线和眼力都够用，我就会为了多挣几个铜板而做一些誊抄工作。如果做完这些天还没亮，我可能就宁愿去睡一觉——而不是去写诗。（索菲狠狠地默不作声。）我从来没有时间去做浪漫的事，就像留长头发一样，天没亮就要赶紧起身的人是不会在镜子跟前久留的。——也就是你才让我变得稍微爱漂亮了一点，宝贝儿……（索菲仍旧若有所思地站在那里。）你在想什么呢？

索菲：我不得不想着你晚上去做誊抄工作。——不过，不是吗——你毕竟从来没有——从来没挨过饿吧？

恩斯特：饿也挨过的。

（索菲怯怯地崇拜地看着他。）

恩斯特（推心置腹地）：不过，我都毫发无损地过来了。——现在，你明白了吧，我的时间有限。我要是和大多数人一样浪费时间的话，现在还不知道在哪儿呢。对我来说，生活就是——笔直向前去，不要往左右两边看。也因为这样，我在女人面前紧张得很，在你跟前也是。

索菲：真的吗？

恩斯特：你是第一个让我想念的女人。你这个小傻瓜，你把我害得够呛。我必须为你留出时间。不过，就算**现在**，我也绝没有时间去痴迷。咱们的园子在哪儿到头，这我看得一清二楚的。

索菲（撒娇地）：你这可怜人，别因为这个难过了，还会有机会的。

恩斯特（被逗乐了）：但愿你没说！

索菲：每个人怎么样都会痴迷一次。

恩斯特（短促地说）：好吧——做这个我年纪太大了。——现在咱们把灯点起来吧。

索菲（走到油灯所在的梳妆台前）：好吧，你这个急性子，我这就让你看自己的计划书啦。

（恩斯特在写字台前坐下，索菲把点着的油灯放在他面前，亲了一下他的额头，从右边下场。）

第六场

人物同前

(恩斯特看着计划书,过了一会儿,他将身子往后一靠,立起身,打开挑楼门上的邮箱,取出里面的报纸和信件。他将这些统统都放在桌上,拿一封信只借着灯光看了一眼,便轻声咒骂了一句,将信扔下,重新坐下来。——停顿。)

索菲(在右边门口问):有人来过了?

恩斯特:没有。

索菲(走进来):我待在屋里妨不妨碍你?

恩斯特:不碍事的。

(索菲走上前。)

恩斯特:呃,——又来了这样一封信。

索菲(一惊,急忙走到他跟前):又有一封?

恩斯特(没有瞧她):在这儿——你好好看看。(把信递给她。)

索菲(迟疑了一会儿,然后她猛地撕开信封,快速把信看了一遍。她站在灯光下面,恩斯特的身旁,恩斯特似乎陷入沉思。她又把信读了第二遍,然后又慢慢看了第三遍,迟疑着将它放回信封,把手搁在恩斯特的肩头):我看,我们不必战斗了。

恩斯特(没有抬眼瞧她,敷衍着说):怎么呢?

索菲(把信放在书桌上):你看看!

恩斯特(不情愿地):宝贝儿,我真的没时间。

索菲(肯定地说):这是最后一封了。

恩斯特（抬起眼）：？

索菲：她今天行动了。

恩斯特（勉强干笑几声，读信。）

索菲：语气完全不一样了，对不对？相当平静？

恩斯特（恼火地把信放下）：哎，别管它。

　　　　（停顿。）

索菲（走向前）：我拿不定主意该怎么办，我最好还是回趟娘家，去爸妈那儿。

恩斯特：胡闹。

　　　　（索菲在前面挨着长沙发的边坐下。）

　　　　（停顿。）

恩斯特：我肚子真饿，宝贝儿，咱们赶紧吃晚饭吧。

索菲（没听见他的话，侧耳仔细听着什么）：嘘。

恩斯特（望望四周）：什么啊？

索菲：有人在园子里走。妈妈肯定让人来喊我了。

恩斯特（急躁地）：我啥都没听见。——你可真像个小孩。

索菲（剧烈地示意）：嘘！

恩斯特（站起身来）：压根什么声音都没有嘛。

索菲（坚定地）：你听啊：有人在找门在哪儿呢。求你，去看看。（她站起身，仔细谛听着。）

恩斯特（耸耸肩，拿起油灯，慢慢走向挑楼门。他把门拉开，跨出一步，在暮色中用灯照着）：谁在外面？

　　　　　　　幕布落下

第二幕

起居室仍是那副毫无亲切感的程式化的模样，只是变得有些凌乱。桌子和镜柜上都摆放着很多东西。窗前的景象很清楚地反映出：秋天。

一个有雾的日子。——清早。

第一场

（舞台场景如第一幕。葛尔特太太坐在前景，恩斯特靠窗立在写字台旁。）

母亲：你请医生来是对的，恩斯特。至少能知道是怎么回事。真是奇怪，索菲的身体一直那样好，我可没想到，她会这样受不了这段日子。不过，等她熬过去，肯定还会容光焕发的。（恩斯特用手指敲击着窗板。）你这就要赶去单位了？

恩斯特（看看钟）：是的，马上就要去。

母亲：你这时候恰恰有这样多的事情要做，真是糟糕。已经好几周了，还会很长时间这样吗？

恩斯特（转过身去——短促答道）：问这个干嘛？

母亲：你气色不好。也不奇怪，给你们的负担也实在太重。

恩斯特：夏天过后我落下了一些事情没做。

母亲：原来这样。我成天只是担心，万一你也病了……

（恩斯特无奈地做了个抵挡的手势。）

母亲（站起身，向他走过去，把手搭在他肩头）：我说，恩斯特，你可不可能为自己多争取些自由时间——现在——反正你也没休假吧？

恩斯特（迟疑地）：我真的觉得自己挺健康的，（大声而且苦恼地）而且我必须工作，工作。——（抬眼望着她）是真的，妈妈，我没事。

母亲：也不光光是因为这个。（恩斯特疑惑地望着她。）对不住，我总是实话实说，你这样也——让索菲苦恼得很。她总是一个人待着。（恩斯特耸耸肩。）这段时间，她比往日加倍需要你，你老婆想要人疼要人爱，她为你感到伤心，整天独自待着，胡思乱想。

恩斯特（胆战心惊地问）：真是这样吗？

母亲：嗯，她自我反省，想得过多。她这想那想，纠根问底。另外，还总是为你操心，凡是你需要的，都要看家里是不是齐备，看你缺不缺什么。她总想事事周到，却又做不到，她也知道用雇工并不可靠。这叫她苦恼，你如果对她关心得这样少，她真的会以为你怪她没有把事情件件都照料好。可她做不到啊。

恩斯特：但哪有这么回事啊。

母亲：她是这么想的，所以难过。——瞧，冬天就要来了。——要是她这么惨兮兮地入冬—— ——（停顿。）

恩斯特（不寒而栗）：冬天了，是啊，（疲倦地下意识地用手摸着额头）她是在春天死的，——仲春……（急速说道）哦，我必须工作——有很多工作。

母亲（温和地）：算了，恩斯特。不要想这个了。

恩斯特：他还经常讲起她吗？

母亲：你是指爸爸？他还是一蹶不振。——这个我也是要同你讲的，——要是来我们家，别和他提阿格拉；这事太伤他了。你自己也不要老想这事。我倒是希望你早就将它忘了。（停顿。）

恩斯特（朝长沙发走去，沉重地坐下来，用双手捧着头）：忘掉。有什么要忘掉的？我已经都快记不得她了。我几乎从来都不认识她。我都不太记得她长什么样了。我只是猜：她是不是金发？也许吧。她个儿是不是很矮，是不是……？我只是猜想而已，我一无所知。我只知道，她是为了我去死的。（他哭了出来。）

母亲（惊慌地走上前）：老天爷啊，你怎么了？你是知道的：那个倒霉丫头有病，她……

恩斯特（抬起眼，摇摇头）：我什么都不知道。

母亲（胆战心惊地）：索菲就在隔壁，可不能让她觉得你还在想着阿格拉。

恩斯特（站起来）：唉——所以我必须工作去。（他准备走。）

母亲（平静地）：再听我说一句，恩斯特。你可是一个又冷静又理智的人，可不能被这些事情牵着鼻子。

恩斯特：好的。我以前对事情总是有十足的把握，总会超过它们……但也就是因为这样，你看，妈妈，生活中我总是样样都清楚，对我来说是没什么奇迹的，连惊喜都没有，什么都是一清二楚的。什么都是：工作。甚至我的爱，索菲，也是，我是不声不响十拿九稳地一步步把她追到手的。可偏偏突然来了一个我弄不懂的人。（大声地）还有我不明白的事情，我超不过去，我不再信自己了，我再也不能相信自己了。我被驳倒了，我可以从头来过。

母亲：你有点神经紧张。

恩斯特（轻声道）：那么你觉得没什么大不了的。你以为这种事天天有，不用再多谈。你偶然听说：有哪个人为了你死了。你几乎不认识这人。可你不去多加过问。这人生前究竟是怎样一个人？这人为你毁掉的那条生命是怎样的，它里面有些什么？你不去问。这事完全被你的经验消化了。有人把自己的生命像一张白纸那样递交给你，请求你：把你的名字写在上面。你要是不喜欢，——这人自然就把这张白纸——在你的眼前——一撕两半。就这么简单。哦。（他长叹一声，用双手捂住脸。）

母亲：轻点声！——恩斯特，求你。你叫我心惊胆战。（她走得离他近些）我们之前不是心平气和地谈过了吗？说得好好的。你现在真是过分紧张了。打起精神来，你能挺过去的。

恩斯特：好吧，等我上了工作台就好了。或者，等我在厂里随便哪儿搭把手，等我站在机器旁边，看见一切都在有序、严格、稳定地运转，这事就烟消云散了。我就会想着，这就是生活。我就会又归属于我自己了——可是……

母亲：你要是还听得进一个老婆子的话，我就要告诉你最好的灵丹妙药，多待在家里，坐到索菲身边去，给她读点什么，讲点故事给她听。

（恩斯特做了个不耐烦的手势。）

母亲：相信我，她那样爱你，她会感激你的。她根本想不到是什么让你痛苦，这也不能让她感觉到。但也就因为这样，她可以轻而易举地帮你把这苦恼从心里去掉。你难道从来不会想着，她怀着你的孩子吗，这可是一段神圣的日子哩……

（恩斯特点点头。）

母亲：你难道乐意她烦忧，乐意她生病，病得很厉害……

恩斯特（吃了一惊）：医生这样说吗？……

母亲：她是那样弱不禁风。

恩斯特（强打起精神）：我得走了。（迟疑地）不过——也许我抽点空，一小时之后再回来……

母亲（舒了一口气）：我就知道你会的。

恩斯特：你去告诉她吧。

母亲：这就去。她会开心的。（高兴地）我亲爱的坚强的儿子，我这样的，也算是过来人，但远比不上你这样有魄力。

恩斯特（感动地拥抱她）：妈妈！

母亲（忍住泪）：好啦，好啦……快去吧，别让索菲久等。一会儿回来？

恩斯特（坚定地）：我保证。

（从挑楼门下。）

第二场

母亲，索菲

（母亲来来回回，把椅子摆放好，把铺在圆桌上的台布清理干净。这时，索菲从右边走进来。她穿着一件晨衣，松垮垮地从肩头垂下，面色很苍白，很惶恐。）

索菲（吃了一惊）：上帝，妈妈，你竟然动手来收拾。让我来吧。

母亲（转过身）：没事的！我的小太太，睡得怎么样？

索菲（疲倦地）：唉，老样子。（她想接着清理台布。）

母亲：可不嘛。你住手吧，你个糊涂孩子……瞧着吧，一会儿你就得累得躺在这破沙发上了。你真不该从床上起来……

索菲（胆怯地）：我难道病得这么重了？

母亲：丫头要当妈了，这些个嘛都正常——她就是不小心，在屋里上上下下忙得太多，所以啊，还是待在床上最保险。

索菲：不要，不要，我就是不要这样，不要待在床上。

母亲：也是，没必要待床上。我知道，你情愿待在你这古里古怪的沙发上。等着，我给你拿个靠垫和一条暖和的毯子下来。

（索菲示意不要。）

母亲：没关系的，在这儿别不好意思。我的小太太，现在坐在这儿，看看报纸，——（把她按坐在前面一张小沙发上，在圆桌上放上一份报纸）等着我回来帮她安营扎寨；然后咱们在这怪沙发旁摆上一张舒舒服服的椅子——不过等我回来再告诉你——这椅子给谁留的。

（索菲微笑地点点头。）

母亲：只有乖乖的我才告诉她。（亲吻了一下女儿，——从右边下场。）

（索菲保持着被按坐下去的样子，一动不动地坐了一会儿。然后，她用劲撑着沙发靠手，吃力地站起身，拖着步子走到梳妆台前，把头发盘好，又虚弱地垂下胳膊，就近走到窗前。可以见到窗外园中的秋意，狂风在壁炉里嘶叫，她向外望了一阵，将手帕按在眼上，轻轻地啜泣着。）

（停顿。）

母亲（胳膊下面夹着靠垫和毯子从右边的门进来，先是望向前面她让女儿等在那儿的沙发。惊讶地）：咦——小太太跟我玩捉迷藏？（她把靠垫和毯子扔在椅子上。）我会找到她的，我……（这时她看见窗前的女儿；索菲脸上挂着淡淡的微笑朝前走来。）

母亲：怎么又这样，靠窗子这么近！冷风从那边进来。这么不当心。

索菲：我不会有事的，只想看看外面。

母亲：你究竟要看啥，外面可没啥好看。

索菲：昨天我们园子里还有一丛紫菀，（做了个无助的手势）已经——落光了。

母亲：十月底了。——来，（她把靠垫整理好）躺到这儿来，我给你盖上。

索菲：又得躺下啊。

母亲：你现在已经又站了好一会儿了，还长途行步到了窗子跟前，和平常一样不当心。现在你得重新躺下休息。

索菲（顺从地）：休息。

母亲（将那床暖和的绿色毯子小心地为她盖上）：这样行吗？

（索菲点点头。）

母亲：要不要我念报纸给你听？

索菲：不用了，谢谢。我对这个不感兴趣，桩桩事情全都离我那么远。还是和我说说……

母亲：对了——先说这个刚才没说完的。（拖过来一个小沙发椅）你瞧，我紧挨着你身边放张椅子，暂时是我坐在上面。可这椅子不是为我准备的。也许半小时之后，就有另外一个人坐在它上面了——你猜猜是谁？

索菲：我只要你坐这儿，妈妈……

母亲：不行，孩子，我得回家去。今天我可在外面待得不是一般的久，再说要来的这位，你也更喜欢的。

索菲（沉思着）：更喜欢——不……

母亲：是的，是的，我知道。你就猜猜嘛。

（停顿。）

不在场

索菲（突然坐起身）：不——不。他不该来，他不该来。去告诉他。

母亲（惊愕地）：？

索菲：我不愿见他。他干了很不应该的事，那绝对是有罪的。

母亲：你到底在谁说啊，孩子？

索菲（自顾自说下去）：他把她葬在了受过祝圣的地方，还给了她祝福。但他是晓得的，她是死在罪里的，而且是自愿的……

母亲：你不该诅咒你的老导师。

索菲：她是自己要去死的。

母亲：他是同情她的，她疯了。

索菲（激动起来）：为什么你们大家都撒谎？你们都是知道的。阿格拉投水的时候，和我和你一样清醒……牧师大人也完全是知道的。不——我没法见他，我不要见他。求你了！

母亲：你别激动，索菲，来的不是他。——是另外一个人……

索菲（舒了一口气）：另外——一个人……

母亲（侧耳听着）：我看呐——他已经来了。

索菲（仔细听着，坐起来，紧张地望着大门，——门打开了，恩斯特急急火火地闯进来）：恩斯特？

恩斯特（在前面立了一小会儿）：啊——我是跑着来的。

母亲（对索菲说）：这难道还不是一个惊喜吗？

索菲（茫然不解地）：唔，——可怎么？……

恩斯特（向她们打着招呼）：是呀——早上好，妈妈，——早上好，索菲。（吻了她的手和额头。）今天事儿不多……所以我就可以……（尴尬地没继续说下去。）

母亲：好啦，现在我可以放心地走了。我知道有人会好好照顾你的。

（索菲深情地拥抱着母亲。）

母亲：好了，我的孩子。现在好好地躺着！乖乖的！你呀，（她对恩斯特说）要对她严着点儿。（她将手递给恩斯特，眼睛盯着他看；他们交换了一个默契的眼神——恩斯特要送她出去。）

母亲：你留在这儿！再见，孩子们。

索菲（点点头）：上帝保佑你，妈妈。（母亲下场。）

第三场

索菲，恩斯特

恩斯特（要坐下）：我能坐这儿吗？

索菲：随便坐。

（停顿。——只听得狂风呼啸。）

恩斯特：这狂风吵了我一整夜。

索菲：是啊，你帮我到楼上看看去，肯定有一架窗百叶松了，一直撞着屋子，叫人害怕。

恩斯特（马上就想起身）：是吗——我这就去看看。

索菲：等会儿——等你要走了再去看吧。只是晚上吓人。（她战栗着。）

恩斯特（重新又坐下）：你说了算。

（索菲缩成一团。）

恩斯特：你冷吧，要不要我给你拿条披肩……？

索菲：哦不用——不打紧的。

恩斯特：再说了，咱这儿会很冷的——冬天的时候。这儿半是郊区半是乡下，——四面都没遮没挡的……要是习惯不了的话……

（停顿。）

恩斯特：只有等熬过了冬天。

索菲（叹息着）：是啊。

恩斯特：到了早春这外面就美了。有个小园子的话，我们就会离春天更近，就好像——和春天是亲戚似的……

（索菲认真地望着他。）

恩斯特：想到春天你高兴吗？

索菲（疲倦地）：春天已经过去了……

恩斯特（迟疑地）：但它不是还会一直等在前面的吗？……

（停顿。）

索菲（抚摸着他的头发）：你这个可怜的。

恩斯特：可怜？

索菲（急躁地）：这几个礼拜以来，你一直都吃着劲儿，肯定累坏了吧。

恩斯特：这过去得也快。

索菲（语速很快地说道）：是啊，所以这一点自由时间你不该坐在这里浪费。别——待在我这儿，在这股发霉的病人的空气里。

（恩斯特做出否定的示意。）

索菲：是真的。干嘛要待在这儿呢？——如果现在连你自己也快要病了。动动脑子，去散散步，或者去咖啡馆吧。你会碰见熟人，找到乐子。一个健康人是应该和健康人在一块儿的。这样可不是休息——这样待着。

恩斯特：干嘛要挖苦我呢，索菲？

索菲：我只是说真话，你这样做没有任何意义。我并不感到害怕，我不是小孩，我可以自个儿待着。

恩斯特：你现在确实不应该再自个儿待着了。

索菲：是妈妈说的吗？好心的妈妈！就让她这样说说好了，但她不懂。你还是走吧!

恩斯特(用温暖的语气说):别这样,索菲。(他握住她的双手。)

索菲:怎样?

恩斯特:让我留下吧。

  (他们有一刻对视,然后索菲突然猛地甩开他的手,扭过身去。陷入深切的悲痛。)

索菲:你在想着她。现在你又开始想她了。你为什么还要我这样那样。

恩斯特(糊涂了):我想谁,谁?……

索菲(带着更强烈的怒火和反感):走开。你可以在你的单位想她,想一整天。但是饶了我吧,饶了我吧。(绝望地)你不觉得自己是在羞辱我吗?带着这样的念头进到我房间来,不是在贬损我,让我受罪吗?(她哭了出来。)

恩斯特(已经站了起来):我真不懂你说些什么。

  (停顿。)

索菲(抬起头;在猛然爆发的怒火中,她抓住不知所措的恩斯特的胳膊,把他扯到身边,使得他坐在了长沙发上。然后,她伸出手):看呐,你看见她没有?在那儿。她穿着绿裙子,看上去一点儿不矮,是不是,根本不像是个孩子。她的黑眼睛,多亮啊。你看见没有?她干嘛这样微笑呢?你肯定知道吧,她干嘛要这样笑?她总是这样微笑的吗?她把头发松开了,她头发真美,又黑又密。她脸色真苍白,可嘴唇鲜红,血红血红的。她朝你走过来了,好轻好轻,她已经根本不像个孩子了,—— ——(她的声音变得更加平静,她吸了一口气,疲倦地问道)你看见她了吗?

恩斯特(他先是惊惶地望着索菲,然后,他跟随着她的手势和目光,当她描述着阿格拉的时候,他的眼神变得越来越清晰,越来越明了。他贪婪地、几乎是陶醉地啜饮着她的话语,当她讲完,他还继续用心听着,然后信然地回答了她最后的问题):是的,我看见她了。

>(索菲吃惊又惶恐地看着他那张陶醉的脸,做出一连串回避的手势,然后在深切的痛楚中瘫下。恩斯特仍旧定定地望着那幻象,他的表情变得越来越阴沉,越来越阴沉。)

>(停顿。)

恩斯特(猛的回过神来):噢。——(他用手抚着额头。——变得极为清醒)对不起,对不起!(他搂住索菲。)

索菲(哭着说):别,不要,我让你去,你爱她。

恩斯特(俯身向她):不是的。

索菲(渐渐止住哭泣):你爱着她。

恩斯特:我怕得很。帮帮我,索菲。(喊了出来)我怕。

索菲(挺直了身子,靠着他):你怕吗?我也怕。(他们惊恐地互相搂着。)

恩斯特(信赖地):帮帮我吧。

索菲:是你帮帮我。

恩斯特(两人快速地对话,相互不断坦白):她总在那儿,是不是?

索菲(点头):是,总在。

恩斯特(怯生生地):还有晚上?

索菲(喃喃道):是的。

恩斯特:也在你那儿?

索菲(仍旧喃喃地):是的。

恩斯特：她以前是很矮的？

索菲：是的。

恩斯特：也很弱？

索菲：是的。

恩斯特：现在呢？

索菲：她很可怕。

恩斯特(*震惊地*)：可怕。

　　　(停顿。)

索菲：她把你收买了。你呀。

恩斯特：噢。

索菲：她把你收买了……

恩斯特：我不愿意。帮帮我。

索菲(*充满怜悯*)：你啊……

恩斯特：把我搂紧些。对，这样。现在，我们该怎么办？

索菲(*虚弱地*)：我活不下去了。

恩斯特：战斗，咱们一道？

索菲(*没有心力地*)：不。

恩斯特：那么——那就—— —— —— ——

索菲(*他们交换了一个眼神，——解脱地*)：好的。

恩斯特：咱俩一道？

　　　(索菲点点头。他们相互紧紧拥抱着。停顿。)

索菲(*在莫名的恐惧中挺直了身子 —— 几乎发不出声音*)：恩斯特！——

　　　(恩斯特立起身。)

索菲：我们不能去死。

恩斯特：？

索菲（虔信地）：她在**那边**呢。

>（恩斯特跌坐在沙发边的椅子上，他用手遮住脸。——停顿，狂风。）

第四场

人物同前

索菲（轻轻抚摸着他的头发）：亲爱的。

恩斯特（打量着她——他的眼神变得越来越明亮。）

索菲：亲爱的。

恩斯特：你疼不疼？

>（索菲带着几乎无以察觉的微笑，摇了摇头。）

恩斯特：这孩子会救我们……

索菲（轻轻地，深情地）：也许。

幕布落下

断片[*]

〈"新婚夫妇"素材〉

第一幕

舞台场景呈现出：一间老式的居室。入口在后墙正中，墙左右两侧各有一架带有玻璃橱门的橱柜，里面放着银器、瓷器、小摆设等。每个橱柜上都有一幅镶着金色画框的风景画。左面墙：墙角有一架白色的火炉，旁边是通向客厅的玻璃门，还有沙发以及一张椭圆的桌子和三把软垫椅。沙发上方挂着椭圆形的家庭成员肖像。肖像当中有一架报时钟。——右面墙：两扇不大的窗，几乎互相紧挨着，前面有一级阶梯，上面立着一台小小的、细长腿的缝纫机和一把有着绿色天鹅绒罩垫的扶手椅。这块阶梯是用一块地毯盖住的，其余地方都铺着平整的、擦得锃亮的细木镶嵌地板。在阶梯的后面，挨着有窗的墙边，是一张书桌，几本带有护封的书籍摆放在两盏做工精致的古董银烛台之间，一旁还有一尊廉价的席勒石膏像。

---

[*] 根据德文版十二卷本《里尔克作品全集》第八卷注释，专家推断约作于1901年秋，是第二稿，第一稿已佚失，也许作于1899年11月底。岛屿出版社六卷本《里尔克全集》(1961年)第一次将它收录。

宽敞的房间里，正中是一张大圆桌（通过折叠板可以加大），六把软垫椅围着桌子，（左手）是祖父的沙发椅，宽大，高椅背，颈部有靠垫，椅套是绣过的。

每扇门和窗框都刷成白色，窗前是白色窗帘，在两侧用挂绳简单地挽住。从玄关进来的那扇门前，立着一架屏风，护着祖父的座位。

第一幕发生在早春之初，屋子里还生着火。下午，天色正在暗下来。露易丝坐在窗边的缝纫机旁，向前弯着身子，手指塞着耳朵。——有人敲门。——她没有听见。泽娜德·斯朵波夫走进来，径直朝露易丝走去。

泽娜（大声地）：下午好！

露易丝（猛地吃一惊，把正在读的一本东西塞到小缝纫机的围着一圈花边的罩布底下，然后才转头看是谁来了，瞬间放心地笑了出来）：原来是**你**呀！

泽娜（装作什么都没看见的样子）：是我。现在看书已经太暗了……

露易丝（从台子上下来，帮着女友把外套脱下来，带几分尴尬地说）：哦，刚才还很亮堂呢——真的，就刚才……（心不在焉地问）外面很冷吧？

泽娜（脱下手套）：冷吗？我不知道，根本没留意，不过我可以再到门口去看一下。（做出准备回转出去的样子。）

（露易丝笑呵呵地把她拦住。）

泽娜：如果你的七大姑八大姨们允许的话，你自己就能马上看看外面冷不冷，我要邀你出去看戏呢。

露易丝（孩子气地高兴）：太好啦！看戏去！

泽娜：她们会让你去吗？

露易丝：这怎么说的，她们必须让我去。——当然咯，她们会问，演的是什么，内容是否适宜观看。

泽娜：这可说不好。这是首演，事后才能知道这些。不过我会让她们安心的，相信我吧。你们家说了算的到底是哪一个？

露易丝：妈妈和——索菲姨妈，当然，还有——祖父，他可严厉了。

泽娜（**突然说道**）：我倒是把正事给忘了：那事儿到底怎么样了？

露易丝：你是说罗伯特？你猜怎么着，棒极了。他在里面和祖父差不多一道待了一个小时，真让我吃惊坏了。看起来，祖父好像蛮喜欢他。

泽娜：你瞧瞧，我不是说了嘛？祖父根本不像你们平日说的那样不好，他是一位特好的老先生。我可不许你们说他任何坏话。好了，那其他几位呢？你妈妈——？

露易丝：妈妈没有见他，她有点不舒服，只有索菲姨妈和荷尔敏娜姨妈接待的。

泽娜：那么——怎么样呢？

露易丝：荷尔敏娜姨妈觉得他很年轻，还不大像个男人。（**乐了。**）

泽娜：你姨妈的特点就是用衡量自己年龄的标准去衡量别人。这样子满世界可不都是小孩子啦。

露易丝（**娇憨地**）：小点声！

泽娜：咋啦？

露易丝：**孩子**这个词，荷尔敏娜姨妈也听不得。她说，这不是个正经的说法。她从来不说起孩子，在无可避免的情况下，她就会满脸通红。

泽娜：可不是嘛，在这里说话可得多加小心。我有时会不记得。

露易丝：你这个幸福的人！

泽娜：此话怎讲？

露易丝：就是说，你想干嘛，就可以干嘛。

泽娜：胡说。**每个人都可以这样，就看你想不想**了。

露易丝（摊开胳膊）：噢，我想啊！哎，我真是什么不想啊！

泽娜：慢慢来，一件一件来，我的宝贝。你才刚刚开始，不要一下子就计划太多。

露易丝：可我已经不像从前那样了，特别是自打咱们仨一块儿在你屋子里度过那些下午之后。你可不知道，这对我意味着什么！

泽娜：可你们如今是不是不再需要这个约会的避风港了？

露易丝：？

泽娜：如今罗伯特已经被引见来了这里……

露易丝：哎，亏你想得出。首先，他只可以偶尔做短暂的造访，我们也根本没法说话，这儿到处都有耳朵哩。而且他一来，她们当然马上就派荷尔敏娜姨妈进来。压根甭想和他独自在一起。而我们现在恰恰**急需**的就是这个。

泽娜（留心地）：是吗？

露易丝：是的，知道吗……

泽娜（凑近了问）：你难道不去他那里？露易丝。

　　（露易丝不解地看着她。）

泽娜（咄咄逼人地）：不去他住的地方？

露易丝（赶紧捂住泽娜的嘴，轻声说）：我去过一回。

泽娜：什么时候？

露易丝：有一次，就这么一次，别生气，他只想给我看几本书。

泽娜：你想做什么都可以去做，不过，我奉劝你：这就别干了。你很年轻，直到三个礼拜前，你还始终以为小孩子是鹳鸟带来的，或者从别的什么地方来的。像你这样的人，对这些事情一无所知。你明白不，那可是傻透了，如果你……

露易丝：你挖苦我。

泽娜：挖苦？罗伯特他也是个孩子，你们俩都很年轻，草率，又——在热恋。完全没必要去干傻事啊。每天下午三点到六点，我把工作间空出来给你们，这难道不够吗？……

露易丝：当然够了。——不过，你知道罗伯特和我，我俩现在互相做了什么约定吗？

泽娜：什么？

露易丝（神秘兮兮地）：我们说好了，我们……（她牵着女友，把她带到台阶前，将缝纫机的罩布掀起一些，她刚才正是把自己在看的那本书塞在了这下面）你看。

泽娜：这究竟是什么？

露易丝（骄傲地）：他的日记。

泽娜：罗伯特的日记？让你看？

露易丝：就是因为这个啊。我们说好了，要将所有的感受都告诉对方，所有的感觉，要向对方说明，如此这般。一切都要说得清清楚楚的，因为现代人就该这样。在结婚之前，彼此要了解得清清楚楚的。好极了，不是吗？

泽娜：这是罗伯特想出来的点子？

露易丝（迟疑地）：是我们——一道想的，我们俩都有这样的愿望，要不也不会真正爱对方。

泽娜：……这是罗伯特说的？

露易丝：你怎么老这么问，我说了：是我们俩……

泽娜：唔！（她开始来回踱步。）

露易丝(把本子从罩布下面拿出来,翻看着。):有时候挺有悬念呢,里面也有诗:"致爱娃",奇怪不奇怪?是不是真有个人叫这名字?还有这儿,听着,这里:"10月24日,昨天一早,我心里怀着最强烈的渴望醒过来……"

泽娜(急忙转过身来,恼火地说):他是让你念给别人听的吗?

露易丝(吃了一惊,感到羞愧):可是,泽娜,——我是给你听!

泽娜:给我,是给我听,还能给谁听?瞧瞧,这就是婆婆妈妈的坏习惯!这个毛病你也得戒掉。他给了你了,就好好看,并且要——沉默!

露易丝(把日记藏好,过来用胳膊搂着泽娜):对不起,我真是太逊了。

泽娜(语气比刚才温和):也不算什么不好的事,"女友"之间也不用怎么顾忌。可**我们还不止是女友**:我们多少可算是朋友。是人和人的关系,不是吗?

露易丝:是的,在你看来,我配得上做朋友,对此我感到自豪。但我仍旧感到自己这么不成熟,常常是那样无足轻重。她们在这里总是牵制人,不让人有反驳,她们管这叫作谦逊。要不是有你,我也没有法子达到自己的目的,你真不知道这里的事!我坚信:她们肯定什么都没有告诉我,她们就这样让我嫁人,而不……

泽娜:哼,在你出嫁的那天,你妈妈可能会觉得有必要向你解释……

露易丝(几乎是震惊地):噢,上帝啊!我妈妈!

泽娜:你又咋啦?

露易丝:我也不知道,我只是一想到妈妈她……她会说一些可怖的话的。——你觉得我爸爸曾经爱过她吗?她心里有那么多的敌意……

泽娜:你爸爸去世很久了?

露易丝：是的。那时我七岁。他病了没多久就死了，那是一个秋天的晚上，我们小孩子正要坐在桌边喝咖啡。——你晓得，他是祖父的独生子，祖父很爱他。

泽娜：你祖父多大年纪了？

露易丝：快七十了。

泽娜：噢，我可没看出来他这么大年纪了。他保养得很好啊。

露易丝：是啊，严厉的人总是保养得好。

泽娜：上帝，你们怎么总说他严厉！我想我也许能和他合得来。

露易丝：你呀，没错。他喜欢你，你晓得的，他对我是有点看法的。我可不敢……

泽娜：这就是他不喜欢的地方。把胆子放开，他不会揪掉你脑袋。现在马上去找他，请求允许出去看戏，你看着吧，他会同意的。

露易丝：你想得好轻巧。好吧，我去试试。——你在这里稍等？还有啊，荷尔敏娜姨妈听见有人说话，居然还没从楼上下来，真是个奇迹！回见！

泽娜：回见，快去吧。我把灯点上。

露易丝：这可不容易，这盏用的是环形燃嘴，你得先……

泽娜：你甭操心了，对灯我在行。

露易丝（打趣地）：你这个带来光明的女人！

泽娜（把挂灯拉下来）：行啦行啦，你只要当心自己别太光彩照人就好！

（露易丝笑着从大门下场。）

（泽娜点着灯，开始轻轻地吹起口哨。这时，荷尔敏娜姨妈走进来，以为眼前这位是女佣，便扯起尖利的嗓门吼起来。）

荷尔敏娜姨妈：我说芳妮，您可好大的胆子！

泽娜(把点着的灯又推上去,转过头来,笑着说):是啊,没错,您说对了,小姐,我这样子就像个——胡同串子。不过,要想把灯点着,我就得吹吹口哨,我这辈子其他时候都不会吹口哨的。您大可放心!

荷尔敏娜姨妈(尴尬地浮起甜蜜的微笑):哎呀,哎呀,——斯朵波夫小姐,是你呀!我这近视眼——一进门,——真的——您请原谅—— —— ——我还以为是……可是,怎么能让您来做这种事呢?露易丝怎么也不摇铃喊人?

泽娜:沃尔曼小姐,露易丝知道,我总是说:自力更生更好。当然咯,最好的,是有一只亲爱的手儿……

荷尔敏娜姨妈:对啦,您说对啦,一只亲爱的手儿;……不过话又说回来,如果有了一只亲爱的手儿,最好也叫它什么都不要干。您请坐吧。(她自己在沙发上坐下。)

泽娜:谢谢。说到这手嘛:工作才是一只手的语言和生命。所以,我很乐意见到一只亲爱的手在动着;并且,我觉得会说话的手比说话的人更可爱。

荷尔敏娜姨妈(乐了):这我可得记着。斯朵波夫小姐,和您真可以好好谈谈天。每次您来,我都要松口气,又可以听到一番高论了。

泽娜(走近一些,俯身靠在一张椅子上):可您这儿不是常有客人来吗?

荷尔敏娜姨妈:噢,还行吧。

〈在此中断〉

日常生活*

两幕剧

人物：

画家 格奥尔格·弥尔纳

索菲，他的妹妹

洛伊特霍尔德博士

玛莎，模特儿

海伦娜

韦伯太太

第一幕

宽敞的工作室。极大的窗子下面，一张蚀刻台，上面有已经开

---

* 根据德文版十二卷本《里尔克作品全集》第八卷注释，此剧1901年12月在柏林首府剧场首演，剧本于1902年在慕尼黑文化艺术出版社首次出版。

始作业的铜版和各种工具。左边有个画架,上面搁着一个绷画布的框(倒过来放着)。中间还有一个大画架,旁边一只脚凳,放着碟子和盛毛笔的阔肚铜罐。一架带颜料箱的窄橱,上面摆放着各色小玩意儿,其中有一面小镜子、一瓶白兰地、小酒杯、一盒香烟和一个装了茶点的红色的日本盘子。这旁边是一个很深的靠背椅,靠背很牢靠,宽扶手,一把漆成红色的藤椅对着它,好像在交谈一样。后面的墙完全被窗户占了,靠左手的墙边:一顶黑色的橱柜,上面是一个戴着帽子的骷髅头,一尊粗陶的小塑像,几个容器和一个鹿角。左墙上还挂着一些用黑炭笔、棕色炭精棒和油墨画成的素描,部分镶了框,部分没有。前面是一个小灶台,圆形,铁质的。上面有一些炊具。橱柜旁边是通往走廊的入口。靠右手的墙:靠窗一个小沙发床,蒙着一块毯子,毯子上还铺散着其他一些面料,用金线钩织的,闪闪发亮。沙发床上方的墙壁上,半高处有一条镶板,从那往下的墙面都装饰着绿色的布料。墙上挂着一张张照片,在一张很小的照片上方,有新鲜的春天的花朵。镶板上面,横放着一排尼德兰长柄小烟斗,还有小件雕塑、玩偶、浮雕,等等。沙发床尾端有一单扇门,通往卧室。前侧一旁有一块高于地面的台子,一半被屏风挡住了,上面也随意堆着精美的深紫红色的绣着金色花纹的天鹅绒毯子。在最前面是一张非常宽大的当作写字台使用的桌子,上面满是纸张、信件、书籍和好些个小玩意儿,旁边是一个书架,有浅色的书,大多没有护封。这间工作室位于城市的边远地带。这时正是下午刚开始的时候,窗前可见平直的灰色屋顶,春日的清朗天空,一棵松树的枝顶在微微摆动。

格奥尔格·弥尔纳,画家,个头不是很高,大约 24 岁,金发柔软,髭须。

格奥尔格(从卧室走进来,穿着黑色正装,黑色领带,——他显然刚把外套套上,两只手还在整理着它,掸灰,拉平。他一边忙着整理衣服,一边走向窗口。他向窗外望了一小会儿,然后很快转过身,在房间里走来走去,好像在找寻什么东西。终于,他在放颜料的窄橱上找到了那柄镜子,想对着它照看一下领带,却做了个不悦的表示,因为镜子上尽是灰。他取出手帕,擦拭着镜子,把手帕扔到一把椅子上。他高举着镜子,整理着自己的领带):好了。(显然是变得轻松地几步迈向窗前,看看怀表)嚯……三点……还有时间,——有的是时间。(他走回到那张高度只和一张不矮的桌子不相上下的颜料橱前,拿起香烟盒。他嘟囔了一句)都是灰!哪儿哪儿都是灰!(他取出一支烟。有人敲门,他不经意地应声道)进来,(开始找火柴。他找到一盒火柴,取出一根,划燃。敲门声又响起来。格奥尔格恼火地喊道)进来!(这时火柴灭了,他把它扔到地上,又取出一根,点烟的时候,他并不很留意地望向门。一个戴着草帽的女孩子迟疑地慢慢走进来,她穿了一条非常简单的黑裙子。格奥尔格挥灭火柴,说)谢谢,不用,我不需要模特儿。(他背过身去,吸着烟。)

模特儿:我,弥尔纳先生……我……

格奥尔格(猛地转过身):玛莎?原来是你呀!我压根没认出你来。怎么穿了一身黑?出什么事了吗?

模特儿:我只是想问问……

格奥尔格:噢,我们好久没见了。你过得好吗?

模特儿:啊,我……还过得去。您确实不需要我了?

格奥尔格：我现在不工作。你不想坐一会儿吗？

模特儿：好的，可您不是要出门吗？

格奥尔格：怎么呢？

模特儿（指着他的西服外套）：因为您穿得这么……

格奥尔格：原来如此。是的，一会儿，一会儿我得……来，坐吧。现在忙吗？

模特儿（走过来坐在藤椅上，格奥尔格将一条腿跪在另一张椅子的扶手上）：哎，一点也不忙，没人干活……

格奥尔格（微笑着）：是啊，你瞧，我也不干活。

模特儿（同样微笑着）：那您整天做什么呢？

格奥尔格：我为我的外套效劳，就是说，我去拜访人，让人请我去做客……

模特儿：这让您开心吗？

格奥尔格：不开心。

模特儿：是嘛……

格奥尔格：你瞧，让我开心的事，我做不来。

模特儿：可是画画……？

格奥尔格：我指的就是——画画。

模特儿：你不能……？

格奥尔格：不能。

模特儿：这我可不信！冬天的时候……

格奥尔格：冬天的时候，是的。在黑乎乎的十一月……你知道的……十一点钟还是昏沉沉的，我常常是怎样等着天色放亮。我常常是怎样担心地坐在那里，担心又是一天过去了，却根本没有——白天。也恰恰就是在这些时辰我是可以做事的，但又错过了。现在，我睡到中午，只为了不要见到这许多的浪掷的光亮，一大早整个窗子就一片亮堂堂的。

模特儿：可能也是因为您回来得晚吧？

（停顿。）

格奥尔格（严肃地）：也可能——是因为我回来得晚。是的，你就是得——分散注意力……

模特儿：是的，分散，然后再——集中。

格奥尔格：什么？你说什么？

模特儿（尴尬地）：我只是一闪念，只是想到了这些词儿……

格奥尔格：只是想到了这些词儿……你其实是很聪明的，不是吗？

模特儿（笑了）：不是的，只是几个词……（尴尬地停住。）

格奥尔格：和我说说看，你上过学吧？

模特儿：学得很少。就在我刚刚可以识不少字的时候，我们家变得很穷。

格奥尔格：突然变穷的？

模特儿：是的，一夜之间的事。我爸爸炒股，所以……

格奥尔格：是这样。那么，你是可以看书的？

模特儿：是的，我能看。先前我总是站在我爸爸的那些书跟前想：我要是会看书就好了。等我能够看的时候……

格奥尔格：说啊，等你能够看的时候，怎么了？

模特儿：我们已经再也没有书了。

格奥尔格：原来是这样，他们把你们所有一切都拿走了。

模特儿：是的，他们把我们所有一切都拿走了。

格奥尔格：然后呢？

模特儿：然后……（伤心。）

格奥尔格：你如果想看书的话……（指着书架。）

模特儿：噢，好呀！我好几次都想和您说的。

　　　　（停顿。）

格奥尔格：书不算多，但也许你能找到想看的。（停顿。）你干嘛这样望着我？

模特儿：您看上去和那时一模一样。

格奥尔格：啥时？

模特儿：十一月，您画画的时候。

格奥尔格：我画画的时候……

模特儿：是，那样……那样……谦卑……

格奥尔格：什么？

模特儿：这说得不太准确，不是的，我根本不是这个意思。

格奥尔格：那是什么意思？

模特儿：您有一张工作的脸，还有——还有——一张别样的。

格奥尔格（把烟摁进烟灰缸）：唔！工作的脸，那是什么样的？

模特儿（平静地）：虔诚。

　　　　（格奥尔格严肃地看着她。）

　　　　（模特儿站起身。）

格奥尔格：今天我有这——这张脸？

模特儿：是的。

　　　　（停顿。）

格奥尔格（停了一会儿，微笑着）：这么说，我马上就会需要用你喽？

模特儿（欢快地）：对呀！

格奥尔格（迟疑着）：也许吧。（他开始焦躁地来回踱步。）也许。计划我是有的，一直都有……但是这些计划相互干扰……不过有些时候……上个礼拜,在一个下雨天:傍晚的时候,突然间变得金光灿灿,童话般的金光灿灿——下了一天的雨之后。大地温暖而沉重……这是背景。在这背景前,万物闪耀着,轮廓清晰,那样简单,简单得叫人感动……那是上礼拜,礼拜四,然后:要是有勇气立刻就开始画,每次都立刻动手。可是,我却有各种念头……

模特儿:分散自己的注意力……

格奥尔格(站住了,看着她):说得对,我马上就会找你的,玛莎。

模特儿:明天?

格奥尔格:明天?——明天就开始吗?不行吧。我会很晚回来……这里还得清扫……还有……你瞧瞧,这到处一副什么样子。

(模特儿快速地摘下帽子,脱去外套。)

格奥尔格:你要干嘛?

模特儿:擦灰。你有抹布吗?

格奥尔格:什么,你现在就要擦灰?

模特儿:对,马上。抹布在哪儿?

格奥尔格:可是……

(模特儿这时已经打开了左边的橱柜,找着抹布。)

格奥尔格(拉开颜料橱的最下面一个抽屉):在这儿,这儿。(他扔给她两块抹布,她马上就擦拭并整理起橱柜来,将各样东西充满格调地摆放好,并不拘泥于小节。格奥尔格又点上一根烟,背对着窗,靠在蚀版工作台上。他观察着她。)

模特儿(跪在其中一个画架旁,不停忙着擦拭,轻声问道):不过您这一回也许需要用一个**有脸蛋**的模特儿?

格奥尔格:怎么呢?(他吸着烟。)

模特儿(站着擦拭着左面墙上的照片)：我只有腿和胳膊有点用……

　　(格奥尔格打量着她。)

　　(模特儿因为他没有说话，她转身向他，探询地望着他。)

格奥尔格(猛地将香烟一扔，突然起身冲到画架前)：

　　停，上帝啊，别动，就这样别动……

　　(模特儿安静地保持着姿态，格奥尔格在工作室急急忙忙地转来转去，把画框和画板扔得乱七八糟，他将一块画板搁在画架上，把橱子打开，取出一盒炭笔，开始站在画架前飞速地涂抹起来。在工作的狂热中)

　　对，对……胳膊你完全可以放下来……

　　(他解开上衣纽扣，把外套扔在地上。)

　　(模特儿保持不动。)

格奥尔格(不断画着)：松开胳膊。我只需要脸……

　　(模特儿讶异地僵直地收回胳膊。)

　　(格奥尔格画着。)

　　(模特儿突然动作剧烈地用手捂住脸。)

格奥尔格：别呀，玛莎！玛莎！上帝啊，你这下害了我了！……

　　(模特儿哭泣着。)

格奥尔格(把炭笔扔下)：这下完了……

模特儿(惊恐地)：不要，不要——请您原谅—— ——我——(她把手从脸上拿开，试图让头回到原先的姿态。)

格奥尔格(愤愤地)：对，就这样……见鬼，你这是怎么了，就不能静止不动吗？

模特儿(极为狼狈)：请您原谅……我……

格奥尔格：原谅！现在完了……你把脸都哭肿了……结束。

（模特儿悲伤地还是站在那儿。）

格奥尔格：我说了结束！（他把画框往墙上一扔。这时他注意到，自己穿着马甲，他从地上拾起外套，将它重新穿上。）

（模特儿朝他走过来。）

格奥尔格：你要干嘛？

模特儿（尴尬地）：您的上衣，先生……沾了很多灰……

格奥尔格：噢，帮我弄干净。

（模特儿找着大衣刷子。）

格奥尔格（指着桌子）：在那儿。

（模特儿拿起刷子，为他刷拭外套。停顿。这时，有人敲门。）

格奥尔格（大声地）：进来！

（从门缝里传出一个声音）：可以进来吗？

格奥尔格：是你，索菲？

声音：对，是我。

格奥尔格：进来吧，好妹妹。

（模特儿停下来，怯生生地望向大门。）

索菲（一个年纪略大的女孩子，衣着简单，头发中分，长得不美，但是态度温柔，有一双聪颖、善解人意的眼睛。她在身后关上门，见到玛莎，迟疑不前。）

格奥尔格：下午好！过来吧。这是玛莎，你认识的。她正帮我刷外套，我得去马林家赴晚宴。

索菲（走向前）：下午好，格奥尔格。（对玛莎说）下午好。（她向玛莎伸出手，玛莎见状，轻轻地很快地把手放进她的手中，只那么一秒钟。可以看出，她对这种友好的表示感到惊异。然后，她马上动手把抹布放进颜料橱打开着的抽屉里，——并且赶紧穿戴好。）

索菲：你说要去哪里？

格奥尔格（让她在沙发床上落座，自己把藤椅拉过来）：去马林家。

索菲（坐在沙发床上）：对了，小马林不是今天结婚吗？

格奥尔格（坐下来，半背对着观众）：可不是嘛。就是为这个。婚礼我不去，因为我不喜欢这种仪式。但婚礼之后的晚宴我可没法不去，小马林最近和我很亲近，我不去，他会不高兴的。再说，赴晚宴的只是很熟稔的小圈子朋友，你看，都用不着穿燕尾服。你呢？你做什么呢？你们和妈妈身体都好吗？

索菲（微笑着）：嘻，是妈妈让我来的。她三天没见你，就担心了。你知道她的。还有，她昨晚梦见你了，所以就胡思乱想，以为你肯定遇上什么麻烦了。身体不好的老年人很迷信，——这你知道。——你一切都好好的？

格奥尔格：是啊，——如果你不把定期的偷懒也算成是一种病的话。

索菲（微笑着）：当然，肯定不算是致命的病……

格奥尔格（严肃地）：噢，可不是的。从某种意义来说……（停顿。）不过你可以告诉妈妈，我正要去马林那里，实际上是在欧洲大饭店，晚宴是在那里举行。那么妈妈平日做些什么呢？

索菲：噢——老样子。我看，玛莎小姐——有话要和你讲……（她用头往玛莎这边示意，玛莎已经穿戴好了，正迟疑不决地站在门旁边。）

模特儿：我只是想告诉您……我走了。

格奥尔格（稍稍起身，半转头）：好的，好的，再见，玛莎。

索菲：再见。

模特儿：再见，尊贵的小姐。（离开。）

索菲：她就是玛莎？大名鼎鼎的玛莎。

格奥尔格（心不在焉地）：对，玛莎。

索菲：十一月你在画那幅大画的时候，对我谈起过她……

格奥尔格（猛地站起身，急匆匆地）：对不起，稍等一下。

索菲：好的……

格奥尔格（疾步走到门前，开门冲着外面喊道）：玛莎！

（停顿。楼梯上的脚步声停住了。）

格奥尔格：玛莎！

声音（从下面传来）：嗳，马上就来。（只听得急忙上楼的脚步声，显然是玛莎回来了，但她站在门外，看不见，格奥尔格冲着外面说话。）

格奥尔格：我只是想告诉您，玛莎：不打紧的，刚才这事儿，您晓得的。

模特儿（跑得气喘吁吁的）：噢——我真是不好意思……

格奥尔格：不好意思？……我说了：不打紧的。可能还没结束呢，底稿在那儿，我脑子里也还记着一些印象。您明天过来吧。

模特儿（难以相信的开心）：真的？

格奥尔格（平静地）：对，早上八点或者八点半。行吗？

模特儿：行，当然行。

格奥尔格：那好吧。——再见。（把门关上，快步走回来。）对不起……有件小事得解决一下。

索菲：你可真勤快啊……明天八点你就要工作？

格奥尔格：没有，没有，只是试一试看……玛莎她认为……另外，你把手伸给她握，真是太好了……

索菲：这有什么！——听了你的讲述后，我觉得她差不多算是个熟人了。你在冬天谈了她很多事情。我想，她是和别人不一样的模特儿。

格奥尔格：不一样，不一样……

索菲：但是她长得并不**漂亮**？

格奥尔格：我冬天的时候说过她漂亮吗？

索菲（微笑着）：没有。不过我总是这样设想她的模样。一张沉静严肃的脸，有些苍白，缄默的美丽的嘴，骄傲的额头，还有眼睛……她的眼睛几乎和我想象中的一模一样。

格奥尔格（立刻说道）：是的，可不是嘛，她的眼睛！今天也叫我注意到了！（停顿。）也许你的话不无道理……

（索菲不解地望着他。）

格奥尔格：我是说：也许她的心灵的面容就是这样。（停顿。突然说道）我说，洛伊特霍尔德随时可能会到，你不会不乐意见到他吧？

索菲：不乐意？不会呀。

格奥尔格：好吧，我只是说，既然你曾经拒绝了人家的求婚……

索菲：噢，可那也绝对是友善的；当然啦，他现在没法来家里做客了，妈妈会觉得奇怪的。对于那些没有结成婚的人来说，也确实没有任何规定，告诉他们彼此该怎么个交往法。可也正因为如此，恰恰可能建立一种未受任何规矩制约的关系，一种游离于传统习俗之外的关系。不是吗？

格奥尔格：妙哉！这个想法很绝！甚至可以说，这是**我的**理念，可谓是我毕生的任务。

索菲：对于整个一生来说，这个目标岂不是太小了吗？

格奥尔格：此话怎讲？

索菲：就是说，难道人与人之间一切真正的关系都不是这样，游离于传统习俗吗?

格奥尔格:宝贝儿,宝贝儿,你这有福的宝贝儿。

索菲:别开玩笑,比如说我们之间的关系。

格奥尔格:咱们的关系?你要不是我妹妹,会到这工作室来吗?

索菲:那我该是什么身份才能来呢?

格奥尔格:作为淑女、熟人、女友……

索菲:女友?

格奥尔格:哈,你瞧你……

索菲(乐着):好吧,我会来,我会来找你的。

格奥尔格(乐着):很好,很好……这我信。(停顿。严肃地)你要是真来了就好了!

索菲(不解地):格奥尔格?

格奥尔格:我是说,我非常孤独,非常,非常孤独。我曾想过,要不要搬去和你们一道住。你们反正还有一间客房。也许我在这里是因为空间太大了才感到孤独。总有一天,我们可以真正在一起,妈妈、你和我。比如傍晚的时候,对不对?我们可以看书;就是说,等到光线暗下来眼睛吃力了,我们就说话,——谈天,——或许不说话……这和独自待着不说话可完全不同……我常常想:我们就这样坐在一起……(他注意到索菲怀疑的眼神,停住了。)怎么?

索菲:格奥尔格,我看,你指的并不是**我们**……

格奥尔格(吃惊地):不是你们?**那么是谁?**

索菲:是……就是……你的生命任务的成果……

格奥尔格(做了个拒绝的手势,停了一会儿,然后温暖地对索菲说):我很愿意帮你,索菲。

索菲(好像很吃惊)：帮我？！

格奥尔格：噢，我知道，你过得不容易，整天陪着妈妈，一整年都是这样……她老了，变得不知道感激，她的病痛让她喜怒无常。我可以想象，这都意味着什么……

索菲：我得告诉你，格奥尔格……在我看来：无意之中，我有着和你为自己设定的生命任务同样的任务。

格奥尔格：……？

索菲：在所有传统习俗之外建立一种关系。——(轻声地)我早就离开了我的母亲，格奥尔格，——但我找到了一个人，一个诉苦的可怜人，我服侍她，我就是她的一切，因为，我在傍晚拉上她房间的窗帘，制造出夜晚，而当我晌午打开百叶窗，我又制造出白昼。我的手为她端去饭菜和医药，睡眠从我轻轻的念书声跟前走过，向她走去……你让我想起来，原来这个人就是我的母亲……

格奥尔格(将手伸向她，热切地说)：**我们的母亲！**

索菲(也将手伸给他。他们对视着，停顿。)：妈妈要等急了。

格奥尔格：是啊，那你就见不到洛伊特霍尔德了。

索菲：遗憾，——可是再不走就晚了。他经常来你这儿？

格奥尔格：不是的，你知道，他并不是个合群的人；不过今天他说好来接我去赴宴……

索菲：他和马林一家也是朋友？

格奥尔格：对，不过我猜他和老男爵比和罗尔夫更熟，他可以说是另一代人。

索菲：是啊，时间过得可真快……

格奥尔格：嗯……虽然年轻的……(有人敲门。)哈，可能是他来了，请进。——真是他!

洛伊特霍尔德博士(走进来,身材瘦削):下午好!

(他看见索菲,愣了一下,因为近视而没有马上认出她来,急忙说):噢,尊贵的小姐。

索菲(朝他走去,将手伸给他):您好,洛伊特霍尔德博士。我们刚才正在讨论,您是属于老一代人还是新一代人。

洛伊特霍尔德博士(和格奥尔格握了手,取下夹鼻眼镜,说道):请别把我算进任何一代人。如果一定要被归类的话,您就把我算作老一代人。我倒是愿意在那儿等着瞧,看看会不会有新一代。

索菲:怎么,您觉得……?

洛伊特霍尔德博士:我觉得,破旧并非就是迎新。

格奥尔格:但您不是也承认了,要和老旧一刀两断?

索菲:而且您不是也承认,破旧也并非不对吗?

洛伊特霍尔德博士:这个嘛,我也很难说。也有可能,大动干戈的破坏完全是多此一举,因为,新事物可能根本就不会在这块遭到滥用的、满是废墟瓦砾的土地上生发,——而是在一片充满青春活力的新土壤里……

索菲:在您看来,世界上有这么多的空间吗?

洛伊特霍尔德博士:噢——就算再也没有了陆地——再也没有了处女地,也会从海底升起一块,新的……

格奥尔格:您是一位诗人啊,博士先生。

洛伊特霍尔德博士:不过是一个老派诗人,您肯定不会读我的诗。

格奥尔格:噢,我——我压根就不读诗。总的来说,——我也喜欢一些人的某些诗句,不过,那都是彼此极为不同的诗人,有浪漫派,有颓废派,有意大利的,有法兰西的,有德意志的,还有俄罗斯的，我常常觉得我最喜欢的那些诗统统是由同一位诗人创作的——它们各个都彼此相像。

洛伊特霍尔德博士：说到底，所有诗人的身后，也就只有一位诗人。

格奥尔格：是嘛……您是说——上帝？

洛伊特霍尔德博士：您觉得是不是他呢？

格奥尔格（疑惑地）：我不清楚。（停顿。）

洛伊特霍尔德博士（看看表）：我看……

格奥尔格（如梦初醒一般）：对了，可不是嘛——该走了。您的车在楼下？

洛伊特霍尔德博士：是的。

格奥尔格：请您再小坐片刻吧！索菲，给博士先生拿烟。你晓得在哪里的。我马上就好了。

（疾步走进卧室。）

索菲（指着靠背椅）：请坐。您吸烟吗？

洛伊特霍尔德博士：不，谢谢，现在不吸。吃饭前……

（索菲把藤椅拖过来。）

洛伊特霍尔德博士（赶紧上前）：噢，真抱歉，尊贵的小姐。（要帮她拿椅子。）

索菲：谢谢，洛伊特霍尔德博士。我习惯了自己动手。（她坐了下来。）

（洛伊特霍尔德博士笔直地落座在靠背椅上，没有将背靠在上面。停顿。）

索菲：您和马林一家是朋友？

洛伊特霍尔德博士：我们很熟。作为大夫，我总要和老男爵来来往往……此外，我也认识小马林的新娘一家人。

索菲：那么您和这场婚姻有着双重的关系喽，您没有去教堂吗？

洛伊特霍尔德博士：没有，我见不得任何人结婚。

索菲：您害怕这种恐怖的场面？

洛伊特霍尔德博士：那种大张旗鼓，浓墨重彩的，我不喜欢。

索菲：照您的意思，大家应该轻轻地悄悄地结婚喽？

洛伊特霍尔德博士：是的，尽可能的不引人注意。照我看，大家入土的时候大可热热闹闹，因为没有人会羡慕死人。

索菲：确实，没人会羡慕死人。您能这样说，真是太棒了！

洛伊特霍尔德博士：怎么呢？

索菲：这就是说，您乐意活着。

洛伊特霍尔德博士（微笑着说）：我活着呐。

索菲：这已经足以说明，您不是老一代的，洛伊特霍尔德博士。

洛伊特霍尔德博士：老一代难道没有活着吗？（他微笑着。）

索菲（犹疑地）：不是那么……

格奥尔格（走进来，穿着大衣，手上拿着帽子和手套）：好了，——我来了，我们走吧？

（洛伊特霍尔德博士站起身。）

索菲：格奥尔格，你就这样急着要走吗？

格奥尔格：咱们一会儿就得到那儿呢。

索菲（对洛伊特霍尔德博士说）：那么再会了，洛伊特霍尔德博士。很遗憾您这就要走了。也许我们以后还能碰巧有机会在这里见面。

洛伊特霍尔德博士：您就不对这个"碰巧"抱有任何怀疑？

索菲：不，说到底，每一次碰巧，都是法则。

洛伊特霍尔德博士：那么您对法则充满崇敬？

索菲：是的，对于某些法则，比如……

格奥尔格：比如？

索菲：比如对于友情的法则。

　　　　（她将手伸给他。）

洛伊特霍尔德博士（充满尊敬地行吻手礼）：非常、非常感谢。

索菲：再见。

洛伊特霍尔德博士：再见了。

格奥尔格：我们至少一块儿走楼梯下楼吧。请。（他将门打开，让索菲和洛伊特霍尔德博士走在前面，然后自己也下场了。舞台有几分钟是空的。接着，门锁从外面被打开了，模特儿玛莎走进来，还有一个拿着笤帚、水桶和擦布的女人。）

玛莎（爽利地）：来，韦伯太太。我就知道，看门人有钥匙。您进来吧。她已经把帽子摘下，把外套脱了，围上了一条大围裙。咱们得抓紧时间，还有两个小时天才黑，得抓紧把正事干完。您可以马上就从这边开始……炉子这边。

韦伯太太（体态阔大）：来了，来了，今天已经不早了！这屋子可大着哩……明天来收拾肯定来得更好啊……

模特儿（急切地）：不成，不成，这没用的，——就是要让明天什么都干干净净的。

韦伯太太（把袖子卷起来）：原来是这么着！（她拿着擦洗的物品走进屋子。）明天这儿是要过节吗？……

模特儿（已经干得热火朝天了，她收拾着桌子，容光焕发地微笑着说）：是的，韦伯太太，是要过节。

　　　　　　幕布落下

第二幕

(第二天清晨。格奥尔格坐在舒适的靠背椅上,一面吸着烟,喝着咖啡,一面翻阅着一本素描簿。有人敲门。)

格奥尔格:谁啊?

模特儿:早上好。

格奥尔格:啊,玛莎。进来吧。

(模特儿快步走向前。)

格奥尔格(平静地,一面翻阅,一面说):虽然今天不工作……

模特儿(吃了一惊):不工作?

格奥尔格:不工作。(微笑着说)难道今天我有一张工作的脸?

模特儿:没有,——不过……

格奥尔格:不过什么?

模特儿:您看上去好开心啊。

格奥尔格:我确实很开心。我遇见了一桩事,一桩……

模特儿:昨天吗?

格奥尔格:对,而且很晚的时候。是一个惊喜。

模特儿:是这个让您开心的,真的吗?

格奥尔格:对——

模特儿:原来那也真不算什么……

(格奥尔格不解地望着她。)

模特儿(尴尬地):不值一提。我原先想着,既然今天就要开始工作……

格奥尔格：怎么呢？……

模特儿：我就是为了这个才把这里全部都收拾干净了……可这真是不值一提，弥尔纳先生。

格奥尔格（*惊诧地四处望望，才发现工作室内洁净并且井井有条*）：啊，真的，真的。

模特儿：您都没注意到……

格奥尔格（*看见她脸色变了，赶紧说*）：注意到了，注意到了，当然啦。我指的就是这个，说的也是这个。真的，一个惊喜，非常棒。——谢谢，玛莎。

玛莎（*转过身，冷冷地答道*）：噢，别客气。

格奥尔格：真是巧得很，正巧今天。今天这儿应该是布置得喜庆的。

玛莎：那么您想工作了？（*她冲他转过身。*）

格奥尔格：不是为工作，不是的。有客人要来。

玛莎：是吗？

格奥尔格：对，一位女士。

玛莎：是这样？

格奥尔格：是啊，一位年轻女士。

玛莎：您要为她画像？

格奥尔格：画也是要画的……可能会画的。（*若有所思地说*）不对，昨天太奇怪了。我要和你说说……你有时间吧？

玛莎：时间我有啊。

格奥尔格：那你坐下来。

（*玛莎仍然站着。*）

格奥尔格：是这么着。你可以想象，这样一场晚宴会是什么样子。又呆板，又无聊。居然还是场婚宴呢，毫无品位的烤面包片、没完没了的别别扭扭、痴头怪脑的说说笑笑。当然咯,昨天我也没指望什么别的。当时我兴头也有点上来了,说了很多话,就在那时,发生了一件奇怪的事。

玛莎:那个惊喜?

格奥尔格:对,是那个惊喜。她懂我,我是说,她真的懂我,不是指我说的那些话……你明白吗?我们是头一次见面,马上就一见如故,没有任何繁文缛节,完全是人和人之间的交流,你绝对想不到那意味着什么。晚宴过后,我俩缩到一个角落里,彼此述说自己的故事。我们就好像是在补充一些细节,因为从根本上我们了解彼此的一切,所有至关重要的一切。这难道不奇特吗?

玛莎(试图挤出笑容):噢,是的,那肯定是……

格奥尔格:你说什么?

玛莎:我是说,这样的事很少见。

格奥尔格:否则的话,得经过多少事情,一个人才能来到另一个人的身边啊。也许,悲痛、误解、死亡,都是必须的。你必须闯进她(他)那里,趁她(他)没有防备的那个时候弄她(他)个措手不及。你必须强行地快速进到她(他)心里,随身还要带上一桩事情,她(他)恰好是为了这桩事情把门敞开着的。可是这一回:处处都是敞开着的,你瞧——我就这样来了。然后……(他抬起眼看看她)你想说什么?

玛莎:没有,我只是想着……这样的事肯定很美好。

格奥尔格:非常美好,玛莎,非常美好!想象一下,你走进一个人的心里去,她(他)心里面一片宁静。你不是像平常那样,一脚踏进疾风暴雨,踏进未知里去。而是走入她(他)的祥和中去,走入她(他)的正午,好像事事都为你准备好了一样。

玛莎:是呀,是呀。

格奥尔格:你明白我的话吗?

玛莎(试图挤出笑容):明白一点。

格奥尔格(微笑着,心不在焉地):好吧,好吧!我也确实说了很多不太……不过我就想把什么都用言语表达出来,我要听见自己这些话。我如果是一个人待着,也会把这些统统都讲出来的……

玛莎:噢,——(伤心地)我在这里,也不妨事的。

格奥尔格:不妨事,当然不妨事。(沉浸在自己的想法中)你晓不晓得,像这样来到一个内心平静的人的身边,有什么好处吗?——这样就可以看到她(他)真正的样子……

玛莎:真正的样子?

格奥尔格:是的,不会看错的。

玛莎(心神不定):噢,那当然……(又赶紧说道)那么您相信,绝无可能出错咯——在这种情况下?

格奥尔格:对,绝不会错。我们会觉得理所应当地要在一道生活,就像昨天我们觉得彼此倾诉也是理所应当的一样。

玛莎(克制住她的惊惶,然后急忙说道):那么她,我是说,那位女士,她也向您吐露了衷肠?

格奥尔格:是啊,是到了后来,结束的时候。先是我说,然后,等我把话全都说完了,她也对我说了,——很私密的话,就像对老熟人那样说的。她告诉了我她的童年、她的父母,她双亲都不在了,她完全是自己一个人。也许,也正是因为这样,才可能……

玛莎:什么?

格奥尔格:这样罕见的向人敞开心扉。

玛莎:因为她,那位女士,那样独自一人?

格奥尔格:是啊,独自一人——就像我……

玛莎:……怎么……?

格奥尔格:像我——或者说(微笑着)像你。你其实也是独自一人啊。

玛莎(勉强笑了):噢,我……我可有很多朋友呢!……

格奥尔格(没怎么注意到她的笑容):昨天谁想得到告诉我这些。(他站起身。)

玛莎(重新又难过起来):是啊,昨天还什么都料想不到。

格奥尔格:生活就是这样,它的美就在这里,在这出其不意之中。

(停顿。)

玛莎:是的,父亲说过,猝死是一件好事。

格奥尔格(看着她):你怎么想起这个来?

玛莎:噢,就是一个回忆。

格奥尔格:你难道没有**快乐**的回忆吗?

玛莎(想说什么,然后赶紧又说):唉呀……我现在得……

格奥尔格:怎么,就要走了?——那么再见吧。

玛莎(又走回来几步):这次肯定不会很快再见了,弥尔纳先生。

格奥尔格:为什么?

玛莎:现在我们这个……这个工作是没戏了,我是这个意思……

格奥尔格(走到窗边,也不回转身):对,——你可能说得没错……

(他猛地朝前走了几步,突然又变得生龙活虎起来)虽说昨天晚上,和海伦娜交谈的时候,我觉得一切都离我那样近,你知道吗,我对她——描述了所有的画。

玛莎:也包括……包括十一月的那一幅?

格奥尔格:对,也包括它,但特别是未来要画的那些。因为对她来说,那些老画,感觉已经都太熟悉了……

(玛莎不解地望着他。)

格奥尔格:嗯,——我是说,我把自己整个的历史急匆匆都讲了一遍,她都这样稀罕地全都弄明白了。但现在重要的是我还没有画的那些画,重要的是,未来:关于<u>这个</u>,我们还得要讲给彼此听。

玛莎(轻声说):原来是这样——一次就把什么都弄明白了?……

格奥尔格:是的……你看啊……有这么一幅画。离乡的人:收获的庄稼后面,一片平坦的土地,贫瘠,被人彻底地开垦过了。人们正在离开。一群人,挤挤搡搡的,向落日走去,很多人的背佝偻着,好像被自己的剪影压迫着……她这时说:"这就像在大地的边缘,他们变成了山……"说得完全正确。我的画就是这个意思,在大地的边缘,他们变成了山。然后还有一幅:我把它称作"基督"。她马上就明白了,我指的不是人物,不是人,而是一片风景。那正在到来着的宣谕着那个期待……噢,玛莎,这叫人从何下手呢!(说着,把手大大一挥。)

玛莎:是啊,开头肯定是最难的。

格奥尔格:这是一场强有力的行动!什么都没有发生,一个清晨,还是和每天清晨一样。但有人走到了书桌前,或者画架前,——他去做,去做这件无比艰难的事。他说出一些话来,而实际真是此处无声胜有声,他却还是将它说了出来,热切地、大声地、气喘吁吁地将它喊了出来,好像眼前站着几千个人,这些人听不到这些话就会饿死……

玛莎（轻轻地，用几乎听不见的声音说）：比几千个人**还要多**……

格奥尔格：这些你都听不懂的，孩子。（疲惫地，将手捂住双眼。）

玛莎（平静地）：是的。

格奥尔格：你要走了？（他走到颜料柜跟前，点燃一支烟。）那么再会吧，海伦娜马上也快来了。我需要你的话，会写信给你的。

玛莎：您需要我的话就写信给我？

格奥尔格：对，写张卡片。（将手递给她。）

（玛莎握住他的手。）

格奥尔格：你觉得冷吗？（好像才开始注意她）你今天气色不好。没有睡觉吗？

玛莎：睡得很少。

格奥尔格（松开她的手，轻描淡写地问）：他们还在狂欢呐？

玛莎（难过地）：还在，他们整年都……

格奥尔格（笑起来）：这样啊……别太过了！再会！

玛莎：再会，弥尔纳先生。（匆匆下。）

格奥尔格（吸着烟，站在书桌边，往屋里四下望了望。玛莎这时已经打开门，他赶紧说道）：还要再次感谢你，把这里弄得这样齐整……唔，你可以……你什么时候还能再来一趟？

玛莎：再来这里？……我中午要去母亲那里……不过大概两个钟头以后……

格奥尔格：两个钟头以后，好极了！唔，你可以给海伦娜带一些花儿过来。你愿意不？……

玛莎（迟疑地）：给她？……

格奥尔格：对，给这位女士。我这儿没花儿，还缺点这个。我自己不能走开，海伦娜兴许马上就来了。我也不乐意喊女管理员去，她总买桂竹香，每回叫她去买花，她都买桂竹香，她脑子里只有这个……去买点漂亮的花来，好吗？

玛莎（轻声道）：玫瑰？

格奥尔格：随你吧，你品位很好。那位女士是金发，和你差不多，你可以按照这个来挑。

玛莎：为了配头发？

格奥尔格（不耐烦地）：老天，——也许是为了配头发吧，我也不知道。（停顿。**玛莎准备走了**。）呃，听着，再带些水果来。没有夏天的春天可不算完整的春天。带些橘子来吧，熟透了的，颜色深的。那里面有个南方的甜美的夏天，折叠得很小地藏在里面……好不好？……那么就两个钟头以后？……

玛莎：好的，花儿和橘子。（打开门。）

格奥尔格：到时候你只管进来好了，这样你能看见她。

玛莎：要我见她？（似乎有些敌意的样子。）

格奥尔格：为什么不见见呢？

玛莎：就是……我……那就花儿和橘子。

格奥尔格：对，对，再会。

　　（玛莎下。）

格奥尔格（在屋内慢慢踱着步，在每张画跟前站住，无所思想地看看它们，接着又走来走去，突然，他猛地走到书桌前，将东西乱扔一气，终于在靠墙的一个包里找到一把刷子，开始刷自己的上衣。这时有人敲门。他继续快速地刷着上衣，然后扔下刷子，大跨步地走了两三步，来到门前喊道）：进来。

　　（海伦娜穿着极为雅致的礼服，金发，高雅，不再特别年轻。）

（格奥尔格盯着她望了一会儿。）

海伦娜：您不认得我了？

格奥尔格（喜不自禁）：海伦娜。我正等着您呢，只是……

海伦娜（脱下右手的手套，然后将那只未戴戒指的细嫩的手递给他）：我一下就把您认出来了。

格奥尔格（把手放进她手心里，仍旧有些狼狈）：认出来？

海伦娜：多少也可以这样说吧，我们还从来没在大白天见过面呢。

格奥尔格（放下心来）：噢，这倒是真的。还有，您知道吗，我一直以为您会戴着面纱来。

海伦娜：哎哟，您觉得，做这样的拜访，还要戴面纱？……

格奥尔格：噢，不是的……您想到哪里去了！我就是不知怎的，是这样瞎想的……

海伦娜：没人会看见我来了这里，您大可放心。

格奥尔格（狼狈地）：不是，我……请，您请进吧——（他指着屋内。）

海伦娜（笑了）：现在您快要喊我小姐了，对不对？（走上前来。）

格奥尔格：我，不是的，真的……

海伦娜：甚至还是尊贵的小姐？（她坐在一张舒服的椅子上。）

格奥尔格（严肃地）：对，说真的，我现在真的快要叫您尊贵的小姐了。

海伦娜（娇嗔地）：咱们已经到这份上啦！

（他们笑起来。）

格奥尔格：您吸烟的吧？

（他把烟盒递给她。）

海伦娜（取出一支烟）：今天您还可以管我叫海伦娜……

格奥尔格（惊讶地望着她）：今天还可以？……那么以后呢？

海伦娜：什么时候？——请帮我把烟点上，谢谢！

日常生活

格奥尔格:好的。——您不是说—— ——(他没有动弹。)

海伦娜:看来得我自己把烟点上咯。

格奥尔格(赶紧划燃一根火柴):对不起,可是……(突然好像恍然大悟)啊哈,您兴许不是真的叫海伦娜?

海伦娜(正专心把烟点着):是,我是叫……

格奥尔格:那么愿闻其详……

海伦娜:您别让我一个人吸烟啊,您先请坐下——

格奥尔格(马上就坐下来):好,我坐下了……

海伦娜(微笑着):舒服不?

格奥尔格(笑起来):当然……

海伦娜(缓缓地环顾四周):很不错。

格奥尔格:您是指?

海伦娜:您这里很棒。可以想见,您是在这里工作着的。(她放下香烟,握着他的双手,带着温情说)一想到要来这里看看这间屋子,我真是特别高兴,看看这里的每样东西。

格奥尔格(跳了起来):真的?

海伦娜(平静地):是的,来看看这个舞台,还是有必要的。

格奥尔格:什么舞台?

海伦娜:我们的生命在其中流逝的舞台……

格奥尔格:我们的……?

海伦娜:我们昨天的生命……

格奥尔格:很抱歉,但是您说的这些都这么奇怪。

海伦娜(松开他的手,身子向后靠去):也许我表达得不太高明。但这可以原谅,言语不是为了这些事物而准备的。

格奥尔格:此话怎讲?

海伦娜：您有什么打算，我们今天做点什么，格奥尔格？

格奥尔格：做什么？您不知道？

海伦娜：我知道……我只是问，您是如何想的。

格奥尔格：我……我……我是想，我们今天会开始……

海伦娜：什么？

格奥尔格：唔——关键的是，共同的……

海伦娜：开始——再一次开始吗？

格奥尔格：对，您说对了。我们昨天已经开始过了——那么接着再继续，再扩展，简单地说，就是：生活！

海伦娜：生活——再来一次？

格奥尔格（向后退了一步）：什么——？

海伦娜：您难道没有注意到，昨天我们已经拥有过一切了吗？

（格奥尔格呆呆地望着她。）

海伦娜（仿佛躲避似地举起双手，似乎要抗拒他眼中的惊愕）：是啊，昨天占据我心头的恐惧现在又将您征服。这无名的恐惧……

格奥尔格（语调毫无表情地、吃力地）：恐惧？

海伦娜：当您马不停蹄，当您将我带进这个飞逝的生活，在它里面，过去、现在、未来彼此不再能区分，好像熊熊篝火中的一块块木柴一样。当您消耗完我们所有的共性，连同那在不久的未来等着我们的那份共性……我本来是很想投入您的怀抱。够了！现在不行，这儿不行，不要突然一下子地发生。我们宁愿……在日后将这些生活和经历……噢——但您不听我的，您拉着我一道，您，您想获得一切——拥有一切……（缓慢地、悲伤地）于是我就将一切都给了你。

格奥尔格（呆呆地盯着她看了一小会儿，然后冲向她，跪下来接着她的肩)：海伦娜！(他叫嚷着。)

海伦娜(用手托起他的头，寻着他的眼睛……她肃然望进他的眼睛，片刻，接着轻声地、非常悲伤地说)：就是这样！(停顿。)

格奥尔格(突然一阵狂喜，疯狂地搂住她)：宝贝儿啊，宝贝！你这是怎么了？我们昨天是和大伙儿在一起的，没有一刻是单独待着的啊。你想想看。

海伦娜(温柔地)：可是，尽管如此，格奥尔格。尽管如此，也仿佛发生了一样……你逼迫着我，向你完全敞开……

(格奥尔格慢慢松开她。)

海伦娜：我认得你的每一个表情，认得你的温柔，认得你的强力。没有任何东西让我惊讶。当我们的双手互相轻轻碰触，你有那么一刻也是明白的，知道我是裸身在你的怀中。

格奥尔格(颓然无助地)：对不起……

海伦娜(倾身向他)：我不是这个意思，格奥尔格。那是一种幸福，真的，很美。

格奥尔格(颤抖着抬起眼，恳求她)：海伦娜！(他突然将头埋在她怀中。)

海伦娜(抚着他的头发)：只不过，你看，——我不可能怀上你的孩子，格奥尔格。但其他一切都是真实存在的。确实是这样。世上只有一种真实。

(格奥尔格抽泣起来。)

海伦娜：别哭，格奥尔格，别哭。那是你想要的啊。

格奥尔格(轻声地)：不是的，不是那样的……

海伦娜：那是怎样？

格奥尔格：我想要在生活当中……在这儿……

海伦娜:那样也许就变成夹生饭了。

格奥尔格:是吗?……

海伦娜:你难道不觉得吗,格奥尔格:我们一道在一个岛上生活了很久很久。

格奥尔格(*抬起头*):是的。

海伦娜:我们彼此相爱,互相亲吻。

格奥尔格:难道不应该再继续这样吗?

海伦娜(*微笑着*):不能了……

格奥尔格:为什么呢?

海伦娜:因为我们不再是在岛上了……我们又重新回到了万事万物有着自己的沉重和阴影的地方,回到了一件事情和一件事情之间,如同遥远的路程那样,间隔着数年的地方。因此,我们必须彼此告别。

格奥尔格(*绝望的*):告别?

海伦娜:是的,在那个岛上我们没有别离。别离是从属于时间的,这就是留待我们去做的唯一一件事。(*停顿。*)

格奥尔格(*站起身*):海伦娜,难道你无法将它设想为一个序曲,所有的主题都在其中疾速地响起?难道你无法设想,我们现在……?

海伦娜:你是说,歌剧已经开始?……

格奥尔格(*点点头*):对,剧情……

海伦娜(*微笑着*):你为什么要换一个字眼?那只可能是一场歌剧。它让我感到害怕。

格奥尔格:怕它?

海伦娜:害怕了一个晚上。(*停顿。*)

格奥尔格（开始踱着步）：这都是胡闹。（停顿，又接着踱步，说）奇怪！

海伦娜：是的，格奥尔格，就是这样：奇怪。可我们不想被搞糊涂。

（格奥尔格站住。）

海伦娜：没错——因为大多数人是听任自己稀里糊涂的。他们如果被一段快速的旋律弄晕了头，就会试图在自己的日常生活中再次奏响这旋律。但他们想用这旋律为一个舞蹈伴奏，它却很难配合舞步。于是很容易就变得荒唐可笑。我们可不想这样做吧？我们和我们自己那飞速的情感，格奥尔格？

格奥尔格：你把这些统统都仔细想过了？

海伦娜：我知道，你不会做这样的思想。我肯定，自己比你大几岁。

（格奥尔格做了个手势。）

海伦娜（轻声说）：不要去到那个境界……在那个境界我是待过的……你知道的。（又换了一种语气）不过……现在至少我们知道，我们的的确确是**另一种**人。

格奥尔格：另一种？

海伦娜：新的人。因为我们在一个群体之中可以毫无顾忌地拥有这一切，就像两个能够隐身的人一样……

格奥尔格：这话昨天你也说过：就像两个……

海伦娜：难道不是吗？你只要想一想，咱俩已将世俗怎样克服了的……它不再能干扰我们。他们今天会说，画家弥尔纳向我献了殷勤。明天，我的姨妈会对我说，她很乐意认识你一下，然后她就会等上两个礼拜，看您会不会登门拜会我们。（她笑起来。）而在这期间，咱俩已经像是在一起生活了二十年，就在昨天，当别人只是度过了两个小时的时候。

格奥尔格：为啥正好是二十年呢？

海伦娜(欣然说道): 可不就是这样嘛。我们终归是年纪轻轻就死掉的。

(格奥尔格摇晃着脑袋。)

海伦娜: 在幸福中死去! 多么美好! 你觉得别人会体验过这个吗?

格奥尔格(嘲讽地): 照这个法子就可以活很多次了, 是吗?

海伦娜(严肃地): 是的, 你听懂了吗? ——这也许就是现代人的艺术。

格奥尔格: 艺术? ……

海伦娜: 或者说, 是任务: 为每一种体验都寻找到合适的节拍, 于是每一种体验都成为一个完整的, 成为一个生命, 于是就拥有了千百个生命……

格奥尔格: 也死上千百回……

海伦娜: 那千百个死亡都被他克服了……你感觉到了没有?

格奥尔格: 你怎么会想到这些?

海伦娜: 怎么会有这些想法? 你问我吗? (立起身。)你是画家, 格奥尔格。假如你画黄昏, 那么你告诉我, 那画里的仅仅是一个黄昏吗?

格奥尔格: 当然不是。我把许多个类似的黄昏组合在我的画面里, 尽可能地将我所了解的所有黄昏都放在里面。

海伦娜: 你看呐, 现在这秘密已经被你自己说出来了。

格奥尔格: 怎么?

海伦娜: 昨天你是工作完了之后去赴晚宴的吗?

格奥尔格: 不完全是……不过……

海伦娜: 不过你是准备要工作的? ……

格奥尔格: 对, 我原是可以创作的。

海伦娜（欢喜地）：而你确实创作了。你是带着艺术品的标准向我走来的，你将我完成，将我们……你从"我们"当中造出了一件"作品"，一件永恒的……

格奥尔格（伤心地）：但已经撑不到今天。

海伦娜：噢……这儿都是你的画儿……我是说，你画的那些，是否对于每个人都富有意味？不是的！只是对那些已在你画作的**存在**之境的那些人而言，他们是**活在**那个境界里的：**我们**也是在那里的呀，格奥尔格——永恒的境界！

格奥尔格（肃穆地看着她。停顿。）：你就是这样想到这些的？

海伦娜（点点头）：我们找到了一些对于生活至关重要的东西。

格奥尔格：可是，不是有很多人，他们——该怎么说呢——他们没有榜样地活着，没有承袭任何传统，将它们用在自己身上，他们就像是最先出现的人类；这些人肯定完全是出于不自觉地为每一种体验都配上合适的尺度吧？

海伦娜：是的，他们不自觉地这样一次、两次、三次。他们全都是新手，必要的情况下，他们会掌握到五到六种节拍，然后他们会将这些节拍尺度运用到每一样事物之上……生活可是拥有千万种节拍的。一旦犯了个错，这些人就会迷惑，于是赶紧伸手抓住那看上去和他们一时的情状最为相似的惯例……（停顿。）比如你，也许就会和我结婚……

格奥尔格（坦诚地、惊讶地）：不会的。

海伦娜：不会吗？那么我们会怎样？

格奥尔格：我们——唉，都是我瞎想。

海伦娜：别，别，请一定要说出来，你是怎么想的？

格奥尔格：好吧，我们也许只是会待在一起。

海伦娜：在这里吗？

格奥尔格：这里，或者什么别的地方更好——考虑到你的……你的姨妈……

海伦娜：原来是这样。就这样不管不顾的？

格奥尔格：不管不顾的。干画画的就是这样……

  （海伦娜笑了起来。）

  （格奥尔格话没说完，停住了，不解地望着她。）

  （海伦娜还在笑。）

格奥尔格：呃，你到底笑什么呀？

海伦娜：格奥尔格啊，这样子可是也早有惯例哦！

格奥尔格：这样子……可……

海伦娜：有惯例，不是社会上的，是固定圈子里的……难道这就是什么更好的做法？我是不是也要开始穿戴得邋遢一点……

  （格奥尔格望着她说不出话来，然后，他也笑了起来。）

海伦娜（笑着说）：明白了吧！——现在让我走吧，趁着我们还在乐着。

格奥尔格（吃了一惊）：走？！

海伦娜：是啊，不过还有一点，你不许难过。你要是回想起我们来，只可以用那个速度、那个节奏来想我们的命运，在那个速度里，这命运是美好的，是旋律……你得答应我……不要企图用生活的标准来衡量它，那样对它是不公平的。

格奥尔格（将手放进她的手心。他们对视着。沉默，然后）：我想获得的幸福，它是……（他松开她的手。）

海伦娜：它最好是与生活步调一致的，你是不是这个意思……？

格奥尔格（赶紧答道）：是的。

海伦娜：要我告诉你，自打到了你这儿，我心里是怎么想的吗？

格奥尔格：自打到了我这儿？

海伦娜：这样的一种幸福……

格奥尔格：它会来到？——

海伦娜：或者说，它已经在你身边……这里的模样完全是……仿佛……

格奥尔格：仿佛什么？……

海伦娜：仿佛它已经在你身边……

格奥尔格：从什么时候开始的？……

海伦娜（平静地）：已经很久了。只不过你没有注意到罢了。这幸福依偎着你的生活，这样紧密，——它的呼吸与生活的呼吸仿佛是同一个。我也可能会弄错，我不知道……我只是像女人那样地说话……不过你仔细想想吧……

（格奥尔格垂下头。）

海伦娜（轻轻地离他远去）：想一想，有没有谁，你几乎从来没有注意到她，她实际上却总在你的身边。有没有谁，是你根本无法与生活区分开的，格奥尔格，——也许……好好想想，格奥尔格……（轻轻地朝门口走去，轻轻地打开门。）好好想想吧！（离开。）

格奥尔格（一动不动地站了好一会儿，陷入沉思……突然，他像一个梦醒者那样一跃而起，环顾四周。渐渐地，他明白过来。）：海伦娜！（他冲向大门，一把扯开它，喊着）海伦娜！

（他侧耳听着，一片静悄悄，他把门关上，走回来，沉思着踱着步，拿起一样东西到手上，又拿起另一样。他点着一根香烟，又猛地扔开它，冲到右侧的书桌旁，开始急匆匆地写着什么。

过了一会儿,他气恼地嘟哝着,将信纸扯碎,又拿起一张信纸,开始写,——又将它放下,——也扯碎。接着,他呆地发怔,然后,他猛地将脸埋进双手,将额头抵着桌子,就这样一动不动地坐着。又过了一会儿,玛莎很慢、很迟疑地走了进来,怯怯地环顾四周。她捧着一大束鲜红的意大利银莲花,拎着一小篮柑橘。——当她看见一动不动背对着她的格奥尔格的时候,吓了一跳,轻声说):"你好!"(一片寂静。她轻轻走到炉灶旁,拿起一个陶壶,将它摆在颜料橱柜上,把艳丽的银莲花放进去整理好。这时,格奥尔格在椅子上略微转过身来,望着她的一举一动。突然,玛莎觉察到了他的目光,赶忙说道):您睡着了。我就是把花带过来,还有橘子……

格奥尔格(赶紧说):很好,很好。(他站起身,走得离玛莎近些。)你买了银莲花?你喜欢银莲花?——

玛莎(吃了一惊):我买错了吗?

格奥尔格:没有。(他拿起几朵花,插进她的头发。)它们很配你的金发。

玛莎(单纯地):是啊,如果那位女士和我的头发颜色确实完全一样的话。

格奥尔格(吃惊地望着她,然后说道):原来你这么想的啊,——我现在想的可不是这个哩。我是想,如果用这些银莲花编个花环,戴在你头发上……

玛莎(抓着一把花儿):您要画这些花吗?……

格奥尔格:我们就当是这样吧,我想要画这些花,还有戴着花环的你。这正是我想要的样子,特别好,不过……

玛莎:不过什么?

格奥尔格：不过我眼下没心思画画，——好像有些头疼。

玛莎：我可以等。

格奥尔格：可一会儿天就要黑了，今天是画不成了。

玛莎：好吧，也许改天吧。

格奥尔格：唔，有什么法子让这花环还能像现在这个样子呢，——

玛莎：那我就戴着这花环一直坐着好了。

格奥尔格：整个晚上？

玛莎：是啊。

格奥尔格：那你可不准睡着，不然花环就歪了。

玛莎：不会，我不可以睡着。

格奥尔格：还有，到了早晨，你头上的花就谢了。

玛莎（难过地）：是啊，——这是真的。谢了的花环……

格奥尔格（背转过身）：当然就没法子了。

玛莎：可不是嘛！（停顿。她继续整理着花朵。）那位女士？她还没来吗？

格奥尔格：女士？（他突然站住，紧紧盯着玛莎，然后疾步朝她走去。他把手搭在她肩膀上，把她身子扳转过来冲着自己，搜寻着她的眼睛）玛莎……难道是你吗？

（玛莎吃惊地望着他。）

格奥尔格：你总在这儿，不是吗，玛莎？

（玛莎退缩着。）

格奥尔格：可是，——这样说你根本听不懂。玛莎。（笨拙地）你看，玛莎，这些花儿是你的……

（玛莎依旧瞪大着眼睛不解地望着他。）

格奥尔格（不知该怎么向她解释）：还有——还有……还有橘子……

橘子，我们一道吃，以后我们——总是一道——一道吃橘子……

玛莎(突然，狂喜)：格奥尔格？

格奥尔格(将她拥入怀中)：原谅我……

  (玛莎将脸埋在他胸口，他轻轻地抚摸着她的头发。她突然抽泣起来。)

格奥尔格(轻声地)：怎么了，你为什么要哭呢？

玛莎(又是哭又是笑地)：因为我心里现在不平静，——你如果想让我……

格奥尔格(温柔地)：你呀……

玛莎：是啊，我心里什么都没有准备呢————

  (格奥尔格轻轻地跪在了她面前。)

玛莎(将双手捂住他的眼睛。她的笑容越来越明朗，带着几分轻嗔)：常常都是什么都为你准备好了，现在你偏偏在人家没准备的时候来……

幕布落下

孤儿们[*]

独场戏

其中人物有：

七个童男孤儿

六个童女孤儿

一个男孩子（略年长，稍懂事）

杰罗姆（七个童男孤儿中最小的）

一位金发修女

一位老园丁

一家孤儿院的花园里。秋天。宽阔的菩提树大道用千百只凋萎的手摸索着那地面的距离。在大道的正中间，耸立着一座哥特式小礼拜堂，有尖尖的钟楼。菩提大道无忧无虑地绕过这座灰色的建

---

[*] 根据德文版十二卷本《里尔克作品全集》第八卷注释，德文版编者推测，该剧大约作于1901年初。刊登于1901年5月的期刊 Revue Franco-Allemande 第53卷上。首次收录在岛屿出版社德文版六卷本《里尔克作品全集》中。

筑,在它身后继续伸向公园,伸进幽暗中去,古铜色的低矮的橡树的枝叶以及小白桦的枝干在那暗处闪烁。你有时竟会以为,那里是阳光在闪耀呢。而那是灰暗悲伤的日子里的一天,一个午后。

这时从大道上走来:六个小女孩,两个两个的,互相手牵着手。她们全都穿着一样的灰裙子,戴着蓝色的草帽,那草帽她们已经戴了整个夏天。她们全都一般大(大概在十岁到十二岁的样子)。

她们后面,走来七个男孩子。两个两个的。他们全都穿着一样的灰上衣,戴着蓝色的草帽。他们全都一般大(大概十二岁的样子)。

年轻的修女和第七个男孩子、小杰罗姆走在一起。他们缓缓地静穆地走到礼拜堂的大门前。那个大一点的男孩子跑到大伙的前面去,第一个到达大门口,他双手抓住宽宽的门把手,猛力推着门。

大一点的男孩子(对着其他人):门锁了!

  (这支队伍站住了。)

大一点的男孩子(依旧站在门边):现在怎么办?

修女:得把园丁找来。

大一点的男孩子(赶忙把手举起来说):我去!

修女(犹豫着):好吧——不过……不行,我要亲自去找他。他也许会在教堂的院子里……(她朝右边走去;又回转身来,对那个大一点的男孩子说)你仔细照顾大家,保罗!(她走开了。)

  (大一点的男孩子目送她离开。)

  (七个男孩子和六个女孩子都目送她离开。停顿。)

大一点的男孩子（俯身把脸贴在礼拜堂大门的钥匙眼上，——过了一会儿）：噢！

（七个男孩子和六个女孩子把眼睛望向他。）

其中一个男孩子：她在里面吗？

大一点的男孩子（一直从钥匙眼里偷看着）：一片白！

另一个男孩子：一片白？

大一点的男孩子：她身边点着灯。（六个男孩子慢慢凑近了一点，只有小杰罗姆还留在原地和女孩子们一道。）

大一点的男孩子（一直从钥匙眼里偷看着）：现在我能很清楚地看见她，她闭着眼睛，手里拿着什么东西。

其中一个男孩子：手里面？

大一点的男孩子（还是那样往里面望着）：一个白色的什么做成的十字架，还有三支玫瑰。

其中一个女孩子（轻声问）：玫瑰？

另一个女孩子：我也要玫瑰。

小杰罗姆：现在没有玫瑰了，我相信。

其中一个女孩子：白玫瑰？

大一点的男孩子（还是那样往里面望着）：她身边什么都是白的。

其中一个女孩子：噢！

另一个女孩子：她很美吗？

大一点的男孩子（还是那样往里面望着）：她样子很难看，——脸好黄啊。

（停顿。）

（接着，有个女孩子开始哭了起来，其他女孩围着她，打量着她。小杰罗姆独自站着。男孩子们全都在礼拜堂的大门口,站在保罗的身后。)

(停顿。)

大一点的男孩子(突然猛地退一步,转过身,抓住身边男孩子的肩膀,把他拽到门边):来,你瞧瞧!(那个被吓坏的男孩子大叫一声,逃走了。)

大一点的男孩子(笑了起来):胆小鬼!(男孩子里面没有跟着笑的,全都从大门口往后退了一点。)

大一点的男孩子(站在大门口):他居然害怕!突然怕起小贝蒂来了。

(他又想拉另外一个男孩子到门口。)

另一个男孩子(剧烈地反抗):不要!

大一点的男孩子:你也怕吗?你可从来都不怕小贝蒂的呀?

另一个男孩子:但她现在死了。

其他男孩子(点着头):是呀。

大一点的男孩子:唉呀,一个死人不比一个活人。死人什么都干不了。不再吃,不再说话,就像一块石头,而且还浑身冰冷的。

其中一个男孩子:真的?

大一点的男孩子:是啊,真的,死人是冰冷的。

另一个男孩子:这是谁说的?

大一点的男孩子:书上是这样写的:"……他去握她的手,她的手冰冷——"然后,还有:于是他明白……

其中一个男孩子:人死了就成了石头了?

大一点的男孩子:你真蠢。人还是老样子——有血有肉,但是肉是死的。

另一个男孩子:那还有头发、眼睛和牙齿吗?

大一点的男孩子:眼睛?——我想是有的。

另一个男孩子：如果死人什么都有的话，那为什么是死的呢？

大一点的男孩子：因为死人没有灵魂了。

其中一个女孩子：小贝蒂原来也有过灵魂吗？

大一点的男孩子：人人都有灵魂。

另一个男孩子：可是她那么蠢！

其中一个很小的女孩子（开心地）：灵魂是一只小鸟。

其中一个男孩子：不对！你说的不是真的。

那个小女孩子（慢条斯理地说）：灵魂是一只小鸟。

大一点的男孩子（不屑地）：灵魂是精神。

刚才那个男孩子（冲着那个小女孩说）：听见没有，——是精神！

那个小女孩（快要哭了）：灵魂是一只小鸟……

杰罗姆（护着小女孩）：别烦她了！

刚才那个男孩子：关你什么事，呃？你以为自己是舍监吗？就因为你会拍马屁，就因为你和嬷嬷走一道？呃？我愿意干什么就干什么，晓得不晓得。（他推搡着那个小女孩。）哼——我偏要这么着！

（杰罗姆躲了一下。）

刚才那个男孩子：你这胆小鬼！

另外一个男孩子：他到底干嘛要叫杰罗姆？他难道是法国佬吗？

几个男孩子（高声笑道）：法国佬！

刚才那个男孩子：你是法国佬？法国佬都是恶棍。

杰罗姆：我不是法国佬。

另外一个男孩子：他压根就没有别的名字！（男孩子们大笑起来。）

一个男孩子：人都得有名字，人人都有两个名字。

另一个男孩子：至少两个！我有个叔叔，他有五个名字哩！

其中一个女孩子：他是皇帝吗？

大一点的男孩子：皇帝只有一个名儿，所有的皇帝都只有一个名儿。历史书上写的。

其中一个男孩子：为啥？

大一点的男孩子：很简单。我们如果没名字，人家都区分不了我们。有很多个保罗，很多个阿尔弗雷德，一大堆的玛丽。所以还得加上另一个名字。皇帝只有一个，对不对？他用不着再加一个名字。没人会把皇帝弄混。

其中一个男孩子：因为他有皇冠！

（停顿。）

其中一个女孩子：小贝蒂现在还叫作贝蒂吗？

男孩子们（七嘴八舌地乱嚷嚷着）：对——可不是嘛——不对——可是……

其中一个男孩子（冲着保罗问）：你说呢？

大一点的男孩子：我相信她的灵魂是叫这个名字。我昨天听人说了，她本人现在叫什么。

有几个男孩和女孩：叫什么？

大一点的男孩子（走近一点）：真是好奇怪！一个很滑稽的，有好多个 A……

另一个男孩子：有好多个 A？

（停顿。）

（这时，小杰罗姆蹑手蹑脚地走到礼拜堂的大门前，踮起脚尖，使劲伸头向钥匙眼里张望。——这时，只听得有人走过来。）

大一点的男孩子：嘘！嬷嬷来了！（命令道）列队！不许说我望里面

看了。

其中一个男孩子：杰罗姆肯定会多嘴！

另外一个男孩子：他？（指着大门那边）他自己还在瞧呢……

大一点的男孩子（这时才注意到杰罗姆）：你在那边干嘛呢？开步走！你没听见吗：列队。（他粗鲁地把小杰罗姆推到前面去。）你以为我会因为你让自己受罚吗？

  （老园丁慢慢从右侧走过来。他是一个满脸风霜的矮个子老人，——脸和手好像是由土壤和树根做成的。成串的钥匙碰着他的膝盖发出响声。）

大一点的男孩子（轻声说）：我现在想起来那个有很多个 A 的词儿了（愈发小声地对其他男孩子说）Kadaver[①]。

好几个声音（慢慢地跟着说）：Ka-da-ver……

其中一个女孩子：噢——唉！

  （老园丁用钥匙开礼拜堂的门，四周极为寂静，只听得门锁的每一下转动。然后，老人将灰色的门扇朝里推开。在小小白色停枢台四周蜡黄的高烛的映照下，花园似乎一下子暗了下来。老园丁走进去，佝偻着身子，走到棺材前，然后，便待在了礼拜堂的某处，隐在黑暗当中。——金发修女很快随后走过来，她让孩子们列队站整齐。然后，她站在孩子们当中，挨着杰罗姆，杰罗姆张着大眼睛，久久地望着礼拜堂。）

金发修女（她的嗓音明亮、清晰）：孩子们！这是最后一次来看望你们的姐妹贝蒂。你们的小姐妹已经到了上帝身边，我相信，就

[①] 德语，意为"动物或人的遗骸、死尸"。

在现在，她已经变成了一个天使。你们可以再次对她说出你们的祈祷，让她在福乐的一开头就马上想到你们，并且告诉亲爱的上帝，你们对我们的天父多么熟悉爱戴。

（修女和杰罗姆一道走在队伍的最前面，队伍缓慢而犹疑地穿行在菩提大道上，向礼拜堂走去。修女开始了祷词）：我们的天父……（然后她停下来，俯身向杰罗姆问道）你怎么了？——害怕吗？（接着又重新开始）我们的天父，愿你的名受显扬，愿——你的国——来临——（念到"显扬"的时候，孩子们的声音"我们的天父"插了进来，等等。等到所有人进了礼拜堂，还听到嗡嗡一片的祷告声，有个别字眼冒出来。难以辨认得清楚谁是谁，就这样，孩子们一个接着一个地绕着棺材走了一圈，从另一边走出来，又重新回到菩提道上，安安静静的，带着讶异。他们无声地站好，祈祷结束了。只听见嬷嬷还在礼拜堂里，她仍在祈祷）……求你现在和我们临终时……

几个孩子的声音：阿门！

修女：阿门！（她牵着杰罗姆的手从礼拜堂走出来，老园丁将蜡烛熄灭了）：现在还是游戏时间，还有一刻钟的时间，孩子们，你们还想留在园子里吗？

大一点的男孩子和其他几个男孩马上答道（请求地）：想！想！

修女：那我先要把姑娘们送回去，回头再来接你们。你也留下吗，杰罗姆？你知道自己不可以晚上待在外面吸冷空气的。

杰罗姆：我今天还得采点花儿。

修女：它们兴许都死了。

杰罗姆（轻声道）：但是贝蒂还是有几朵的……

修女：是的，——她确实……（对其他男孩子说）天如果黑了，就不要再待在这里。保罗，带他们到草地那边去！听着，留点神！你们还要不要玩球还是滚轮子？——你们要怎么玩儿呢？

大一点的男孩子（将手插在裤袋里，拿不准地说）：哦，这个么——

（六个女孩子，两个两个手牵手地朝右边走进越来越黑的公园，修女走在最后。黄昏在树枝间闪耀，用细细的尖锐的光线切割着灰暗。——七个男孩子留下了，不知所措。杰罗姆和其中一个男孩子窃窃私语着。）

（停顿。）

大一点的男孩子（大声地）：呸，我不喜欢点香的味道。

另一个男孩子：我现在明白了，为什么叫这个Kadaver。

再一个男孩子：为什么？

刚才那个男孩子：因为她那么惨白，就像老蜡。

第三个男孩子：也像石灰……

大一点的男孩子：像——奶酪……

第三个男孩子：你想摸摸她吗？

大一点的男孩子：我摸了！摸过了！

好几个声音：啥时候？

大一点的男孩子：就刚才，从她旁边走过的时候。"她"（他指嬷嬷）没有发现。

刚才那个男孩子：摸了脸？

大一点的男孩子：摸了手。这样。（他用食指做了个碰触的样子。）

第三个男孩子（崇拜地）：真的吗？

第四个男孩子：不该这么干。

刚才那个男孩子：什么感觉？

大一点的男孩子：这个嘛，根本没啥感觉。

刚才那个男孩子：冰冷的？

和杰罗姆说话的男孩子（对杰罗姆大声说）：可是！……

（杰罗姆点着头。）

和杰罗姆说话的男孩子（对杰罗姆说）：要不要我讲出来？（对其他男孩子说道）他说，她根本没死。

（停顿。）

（大一点的男孩子和另外两个男孩高声笑起来。）

和杰罗姆说话的男孩子（狼狈地）：他说的……

杰罗姆（非常严肃地）：是的，她没死。（又是一阵更响的笑声。）

大一点的男孩子（显然是拿这事寻开心，笑着对其他男孩子说）：别吵！（他嘲讽地问杰罗姆）没死？那么她究竟是怎样呢？

杰罗姆（慢慢地却非常严肃地说）：她就是——不一样了。这没法……（笑声。）

大一点的男孩子（冲着那些大笑着的男孩说）：安静！让他说下去。（他把手插在腰上，用讥讽的语气学着杰罗姆刚才说的话）那么，杰罗姆，她不一样了？是吗？

杰罗姆（慢慢地、失魂落魄地说）：在<u>这里</u>是根本做不成的。

大一点的男孩子：什么事是这里做不成的？（冲着其他男孩子）别吵！

杰罗姆（在大家的沉默中说道）：去死掉。——（停顿。）这里没有高房子，也没有塔楼。（停顿。）像城里那样……（停顿。他急忙地解释道）去死掉是一个吓人的又高又丑的黄色的房子。妈妈她一定要下来……从最最上面——掉到院子里，……跌到石头地上……（停顿。他吸了一口气，说）然后，人就——死掉了。（停顿。）

孤儿们

其中一个男孩子：你妈妈？……

杰罗姆（微微打着抖）：嗯，从最上面。（停顿。）

大一点的男孩子（突然恶声恶气地）：这你现在还要讲给人听？

杰罗姆（睁大眼睛望着他，脸上没有表情。）

大一点的男孩子（挥动着胳膊）：呸！真是丢脸。这我可清楚。只有坏透了的人，卑鄙的人才会这样去死！不要脸！不要脸！（他还冲着杰罗姆嚷道）你妈妈是自杀犯！（其他男孩子惊讶地散立四周。）——你没告诉嬷嬷这个，你这个骗子！我们可得告诉她，你们大伙儿都听好了：他妈妈是自杀的。（男孩子们谁都没有做出赞同的反应。）哈哈，我亲爱的！现在你的好日子到头了！要是舍监知道了这件事……你可要留点神了！

其中一个男孩子（紧张地问）：那会怎样？

大一点的男孩子：舍监？他会把他扔出去，丢到街上去。你这个细皮嫩肉的家伙，那里可没有什么嬷嬷让你拍马屁了。你有什么地方可以去？呃？

杰罗姆（满心有把握地轻声说）：我去找妈妈，去天堂！

大一点的男孩子（讥讽地）：天堂！可不是呀！天堂！你妈妈在天堂！你知不知道，她是要进地狱的！

（其他男孩子惊恐地退后。）

（杰罗姆浑身颤抖，面色变得煞白，朝那个大一点的男孩子的脸上揍了一拳。）

大一点的男孩子（一开始吃了一惊，接着暴怒而满面通红，他扭住杰罗姆的双手，强迫他跪下来，并且气喘吁吁地说）：打人？你这条狗，还打人？好啊，我把你……你这胆小鬼，可怜虫，你再碰我一下试试。你这腌臜的家伙，这一辈子都是腌臜的！再碰我一下试试！(他充满蔑视地用力把小杰罗姆推开。小杰罗姆仆倒在地，就那样跪伏着。)

大一点的男孩子(粗着嗓门冲其他男孩子说)：到草地那边去！来呀！(其他男孩子顺服地、几乎是敬畏地跟着他。)

大一点的男孩子(再次回过身来说道)：你要是想去找你妈，(他大笑起来)你就得像她那样做，要不就在这里找棵树上吊，要不就跳到塘里去——不然，你甭想去——(讥讽地)——天堂——找你妈妈！记住我说的。(从右边下场。其他男孩子拥作一团，紧跟在他身后。他们都沉默着，动作的幅度却异乎寻常得大，步子也迈得很开。还能听见保罗在远处变得刺耳的笑骂声，还听得见他说着)真是一个……

  (一片安静。小杰罗姆立起身，侧耳听着。他往右边走了几步，又往左边走了几步，最后立在前景处，不知该怎么办。)

  (公园里一片黑暗，树干像很多男人立在那里。树叶不断地掉下来。这时，只听见礼拜堂里面发出一个声响，很急很短促的锤击声。小杰罗姆害怕地望向礼拜堂大门。先是有一点光从里面透出来，门扇打开了，光线又消失了，钥匙在门锁里转动的声音。老园丁从黑影里面拖着步子走出来，佝偻着身子，好像在地里扎下了根那样，他肩上扛着一具小小的棺材。他横穿过林荫道，接着走进黑洞洞的公园。)

杰罗姆(目光追随着他；停顿，接着轻轻喊道)：等等我！(老人沉重的步子越来越远了，似乎有一阵风吹进高高的树冠，发出沙沙响。)

杰罗姆(往后跑了几步,更大声、更加哀求地喊道):等等我!
   (树叶沙沙响。)
杰罗姆(无助地,轻声说):等等我!(停顿。他追着老人,跑进黑洞洞的公园里去了。)

            剧终